シュガーアップル・フェアリーテイル

銀砂糖師と黄の花冠

三川みり

17215

角川ビーンズ文庫

CONTENTS

シュガーアップル・フェアリーテイル

銀砂糖師と黄の花冠

シュガーアップル・フェアリーテイル

STORY&CHARACTERS

妖精
ミスリル

戦士妖精
シャル

銀砂糖師
アン

妖精
ノア

砂糖菓子職人
ジョナス

銀砂糖師
キャット

今までのおはなし

銀砂糖師の少女アンは、ペイジ工房の一員として、新聖祭の砂糖菓子作りを担当することに。しかしペイジ工房に入り込んでいた、シャルの兄弟石の妖精・ラファルに囚われ、妖精の城砦《じょうさい》に監禁されることに！　新聖祭への参加は不可能かと思われたが、一緒に囚われていたシャルの活躍により脱出し、なんとか砂糖菓子作りを再開。新聖祭の砂糖菓子で、新年を飾ることに成功する。しかしその直後、アンはキースに、「一緒に新しい工房を立ち上げよう」と持ちかけられて…!?

Key word

砂糖菓子……妖精の寿命を延ばし、人に幸福を与える聖なる食べ物。
銀砂糖師《ぎんさとうし》……王家から勲章を授与された、特別な砂糖菓子職人のこと。
銀砂糖子爵《ししゃく》……全ての砂糖菓子職人の頂点。

砂糖菓子職人の3大派閥

3大派閥……砂糖菓子職人たちが、原料や販路を効率的に確保するため属する、3つの工房の派閥のこと。

銀砂糖子爵
ヒュー

ラドクリフ工房派
工房長
マーカス・ラドクリフ

マーキュリー工房派
工房長
ヒュー・マーキュリー
（兼任）

ペイジ工房派
工房長
グレン・ペイジ

砂糖菓子職人
キース

工房長代理
銀砂糖師
ジョン・キレーン

工房長の娘
ブリジット

砂糖菓子職人
キング

砂糖菓子職人
ナディール

砂糖菓子職人
ヴァレンタイン

前・職人頭
オーランド

工房長代理 銀砂糖師
エリオット

本文イラスト／あき

え？

なに言ってるの、アン。お馬鹿《ばか》さんね。

アンには、パパもいたわよ。他《ほか》の子と一緒《いっしょ》で、パパもママもいたから、アンが生まれたのよ。安心した？　アンにはちゃんとパパもいたの。だけどパパは、アンが生まれてすぐに内戦に巻きこまれて死んじゃったの。アンやママを逃《に》がすために、がんばったから。

どんなパパ？

そうねぇ、アンによく似てたわ。なんでも一生懸命《いっしょうけんめい》で、目がまん丸なのもそっくり。優《やさ》しくて、ちょっと気が弱かったわ。男のくせに、すぐに泣くのよ。悲劇のお芝居《しばい》とか観《み》て、可哀相《かわいそう》だって泣くのよね。隣《となり》で大泣きされるもんだから、ママは逆に冷めちゃって「よく泣くなぁ」ってパパの顔ばっかり見る羽目になったわ。

こっちにおいで、アン。ぎゅっとさせて。髪《かみ》の毛、温かいわね。ずっと日向《ひなた》にいたの？　気持ちいい、お日様の温かさだわ。

ほんとにアンは、パパにそっくりよ。騙《だま》されやすそうな、そんなきょとんとした顔もそっくり。違《ちが》う違う、ほめてるの。父親に似た娘《むすめ》は幸せになれるんだって。

ねぇ、アン。

もしあなたがもっと大きくなって好きな人ができたら、その人と離《はな》れちゃダメよ。

アンもその人が好きで、その人もアンのことを好きでいてくれるなら、離れちゃいけない。

ずっと同じ道を歩けると思っていても、歩けないこともある。

一緒には歩けないだろうと思っていても、やってみたら意外に歩き続けられることもある。

ずっと一緒に歩けたとしても、途中《とちゅう》で一緒に歩けなくなったとしても、その歩いた時間だけは二人とも幸福よ。

生き物が生きていて一番大切なのは、どれだけ幸福な思いをしたかってことだと、ママは思う。だから幸福な時間を、色々な理由で諦《あきら》めたりしないで。一瞬《いっしゅん》でも長く幸福なら、それはお互《たが》いにとって、とても意味のあることだから。

よくわからない？　そうかもね、まだ。

でもこれだけは覚えていて。

好きな人とは、ずっと離れないで。とても大事なことだから。忘れないでね、アン。

一章　彼らを呼ぶ者

まぶしくて目が痛かった。アンは玄関《げんかん》ポーチに立つと目を細めて、雪が残るホリーリーフ城の庭を見まわした。人影《ひとかげ》はない。丘《おか》を下る坂道の方からも、馬車の音なども聞こえない。

「あれ？　キースまだ来てないね。慌《あわ》てて出てきたのに」

新聖祭が終わって、はや一ヶ月あまりが過ぎようとしていた。寒さと雪のピークだった新聖祭が終わると雪は徐々《じょじょ》に降る量が少なくなり、溶《と》けだす。

ホリーリーフ城の屋根や、城を囲む雑木林の中には雪が残っている。それらの雪は固くしまって、日射《ひざ》しにゆっくりと溶かされた表面は、砕《くだ》いたガラスをまいたようにきらきらしていた。

庭の中央は馬車が行き来するために、雪かきが欠かせなかった。だが今は必要ない。馬車の通路に新しく雪が積もることはなく、濡《ぬ》れてじめついた枯《か》れ草が顔を出している。

アンの肩《かた》に乗っていた湖水の水滴《すいてき》の妖精《ようせい》ミスリル・リッド・ポッドが、自信なさげに呟《つぶや》く。

「おかしいなぁ。確か馬車の音がしたような気がしたんだけどな」

「もう耄碌《もうろく》したのか？　ミスリル・リッド・ポッド」

アンの背後に立っていた黒曜石の妖精シャル・フェン・シャルが、さらりとひどいことを言った。ミスリルは両方の拳《こぶし》を振《ふ》りあげた。

「百年以上生きてるおまえに耄碌したなんて言われたら、俺様はおしまいだ！」

「まあ。そんなに寒くもないし、空気を吸いに出てきたと思えばいいじゃない。ね、気持ちいいよね。キースもそろそろ来る頃《ころ》だろうし。待ってればいいよ」

空気は冷たかったが、アンはケープを着ていたし、日射しがあるので凍《こご》えるような寒さは感じない。ミスリルはひっしとアンの首にしがみついた。

「アン。今のシャル・フェン・シャルの暴言を聞いてただろう⁉　ひどいよな⁉」

「いつものことだけど。まあ、それなりに」

「だろう⁉　ひどいだろう⁉　アンからもこいつに、ひとこと言ってやれっ！」

「シャルにひとことって……」

隣に立つシャルを見あげる。

じろりと険のある瞳《ひとみ》で見おろされるが、それがまたぞくりとするような艶《つや》やかさがあるから始末に悪い。長い睫《まつげ》や、額に触《ふ》れる髪や、頬《ほお》の線に、雪に乱反射した光がまとわりついている。

「シャルは……綺麗《きれい》よね……」

思わず呟いてしまう。即座《そくざ》に、ミスリルが喚《わめ》いた。

「違うだろう⁉」

口走った言葉に我ながら慌てて、アンは真っ赤になった。

「あっ！　ごめん！　え、と。ひとことよね……ひとこと……」

シャルはくすっと笑って、アンの耳元に甘く囁《ささや》いた。

「俺の顔を気に入っているようで、よかった」

ぱっとアンは横っ飛びにシャルから離れて、悲鳴に近い声をあげた。

「気に入ってるとかそんなんじゃなくて！　ただ、事実っていうか！」

シャルは余裕《よゆう》の薄《うす》ら笑いで、庭に視線を向けて何事もなかったかのように平然と言う。

「坊《ぼう》やは、来る気配がないぞ。中に戻《もど》るか？」

がくっと力が抜《ぬ》けたアンの肩の上で、ミスリルが残念そうに呟く。

「アンがシャル・フェン・シャルに対抗《たいこう》するのは、百年かかっても無理そうだな……」

全くそのとおりで、返す言葉もなかった。その時、背後の扉《とびら》が開いて、ペイジ工房《こうぼう》の長代理《おさ》
エリオット・コリンズが、ひょこりと赤毛頭を覗《のぞ》かせた。

「なんかさわいでると思ったら、まだキースは来てないわけ？　誰《だれ》かさんの空耳を真に受けて
慌てて飛び出したのに、間抜《まぬ》けだったねぇ」

こちらもアンとミスリルを馬鹿にしながら、ポーチに出てくる。

「そろそろ来ると思うんです。キースのことだから、約束の時間に遅《おく》れたりしないだろうし」

「だろうね。まじめだからねぇ、彼」

エリオットは腰《こし》に手を当て、目を細めて明るい雪の庭を眺《なが》める。そしてさりげなく切り出した。

「ペイジ工房は、明日ミルズフィールドに帰ることになったよ」

「え……。そうですか」

覚悟《かくご》していたことだったが、いざ明日となると、冷たい風が胸を撫《な》でたような寂《さび》しさがある。

——でも。わたしは、決めたんだから。

しゃんと背筋を伸《の》ばし、一瞬感じた寂しさや弱気を払《はら》う。

「遅《おそ》すぎるくらいですよね。たくさん注文も来てるし、散り散りになった職人さんたちも、はやくペイジ工房に帰りたいって、手紙もくれてるし」

新聖祭の直後、キャットは仕事があると言って早々にサウスセントに帰って行ったし、ジョナスもラドクリフ工房に戻ると言って出て行った。キースも自分の工房を立ちあげる準備があるので忙《いそが》しいらしく、新聖祭から三日も経《た》たないうちに城を出た。

ペイジ工房も、本来なら新聖祭の直後にミルズフィールドに帰るはずだった。だが予想外に雪が深く、たくさんの道具類を運ぶのに手間取るというので、帰還《きかん》を先延ばしにしていたのだ。

「忙しくなるよ、これから。あ、でも嬉《うれ》しいことにノアが、一緒に働きたいって言ってくれてね。俺たちと一緒にミルズフィールドに行くことにするってさ。アンと子爵《ししやく》にもらった砂糖菓《が》子《し》のおかげで、すっかり砂糖菓子が好きになったみたいだね」

「そうみたいです。どうやってあれを作るのかって、見せて欲しいって。ちょっと作業を手伝ってくれたりしたんですけど、びっくりするくらい筋がいいんです」

十五年も主人を待ち続けてホリーリーフ城に住み着いていた妖精ノアは、消えかかっていた命を砂糖菓子でつなぎとめることができた。主人との約束を破ることで主人の思いを理解したノアは、やっと自分自身が作り上げた束縛《そくばく》から抜け出したようだった。

この一ヶ月は、いろいろなことに興味を示して楽しそうにしている。特に嬉しそうに見ているのは砂糖菓子作りで、その作業工程に興味津々《きょうみしんしん》のようだった。

「俺もそれは思ったね。とりあえず見習いの仕事を手伝ってもらえれば、うちも助かるから大歓迎《だいかんげい》だよ。で、アンはどうする？　今日、キースと待ち合わせているのはなにかの準備でしょ？」

新聖祭の夜、アンは自分の未来のために、理想の形を見つけたいと思った。そしてそのためにはずっとペイジ工房にいて、その環境《かんきょう》に甘え、守られるべきではないとも感じた。

そんなアンにキースは、一緒《いっしょ》に新しく工房を立ちあげようと持ちかけてくれた。

アンは即答《そくとう》できなかった。

自分の理想の形を見つけたい。そのためにはペイジ工房を離れるべきだ。

それだけはわかっていたが、理想の形を求めてペイジ工房を離れる自分が、この先なにをどうすればいいか考えがまとまらなかったのだ。

ペイジ工房がホリーリーフ城を引きあげる準備を手伝いながら、シャルやミスリル、グレンやエリオットの意見を聞き、自分がこれから進むべき方向を考えていた。

そしてようやく数日前。決心して、人づてにキースと連絡《れんらく》を取り、会いたいと申し込んだ。

するとキースは、自分が準備している工房をアンにも見て欲しいから、二日後の朝に迎《むか》えに行くと手紙をくれた。

「工房を立ちあげるのは、いい経験だと思うんです。それをキースのような腕《うで》のいい人と一緒にやれれば、素敵《すてき》じゃないかと思うんです」

工房を持つというのは、今まで考えたことがなかった。

だが居心地《いごこち》のよかったペイジ工房のような場所を、自分の力で持てるというのは魅力《みりょく》的だ。

砂糖菓子以外にも、自分の手で確固たる形を作れる。それは凄《すご》いことだろう。

アンは経験もなく若い。工房を立ちあげて切り盛りするのは、一人では荷が重すぎる。そこにパートナーを得られるというのは、願ってもない話だ。そしてそのパートナーとなるのは、砂糖菓子作りの確かな技術がある、誠実な職人なのだ。

今はまだぼんやりして形のない理想が、工房を持つことで、はっきりしてくるかもしれない。キースと一緒に工房を立ちあげること。そうすることが、自分の理想の形を見つけるための早道に思えた。

「そうか。じゃ、お二人さんは、キースとアンが工房を作るってこと、どう思うの？」

水をむけられたシャルとミスリルの二妖精は、意外そうに顔を見合わせた。

「どうして俺たちに訊《き》くんだ？」

きょとんとして、ミスリルは問い返した。

「だってお二人さんは、これからもアンと一緒に行動する気まんまんでしょ？　アンが行くとこには、お二人さんが行くんだし。それにアンのことは、アン本人よりも二人のほうがよくわかっていそうだしね」

「そのとおりだ！　俺様はアンへの恩返しを果たすまでは、地獄《じごく》の底にだってついて行く！」

「で、アンのためなら地獄の底にだって行けるミスリル・リッド・ポッドのご意見は？」

「アンがやりたいようにするのが一番だ！」

エリオットは、気が抜けたような顔をした。

「……ま。訊いた俺が馬鹿《ばか》だったか。シャルは？　どうよ」

質問されたのはシャルなのに、アンの方がどきりとした。

アンの先行きについて、シャルはどう考えているのだろうか。

シャルはアンを守ると誓《ちか》ってくれた。けれどシャルが幸福になるためには、彼をアンの身近に縛《しば》りつける誓いは邪魔《じゃま》だろう。だからアンは、はやく理想の形を見つけて幸福にならなくてはいけない。そうすればシャルは、彼が立てた誓いを破ることなく、アンのそばを離《はな》れられる。

けれど、それを先延ばしにしたいような気持ちがある。できるだけゆっくりと歩いて、彼が離れるのをひきとめたい。油断すると、ついそんないじましいことを考えてしまう。

──身勝手だな、わたし。

シャルは林の梢《こずえ》を眺めるように、遠くに視線を向けた。しばらくの沈黙《ちんもく》の後に答えた。

「二人の理想のおりあいがつくなら、今考えられる選択肢《せんたくし》の中で最良だろう」

ホリーリーフ城の庭から丘《おか》を下る坂道の方から、馬車の車輪が石を踏《ふ》む音が響《ひび》いてきた。

「キースかな？」

アンを含《ふく》め全員の視線が坂道の方へ向かった。シャルが呟《つぶや》く。

「坊やの馬車にしては、車輪の音が重い」

車輪の音がどんどん近くなり、一台の馬車が坂道をのぼってきた。

キースがいつも使っている、一頭立ての小さな馬車ではない。二頭立ての立派な馬車だ。車体は黒い漆《うるし》で塗《ぬ》られ、扉には紋章《もんしょう》が描《えが》かれている。砂糖菓子屋の目印である、六角形の雪の結《けっ》晶《しょう》のような模様。それが三つ集まり、リボンで周囲を囲まれていた。

それは銀砂糖子爵の紋章だった。

馬車は雪のない箇所《かしょ》をまっすぐ進み、ちょうど玄関《げんかん》ポーチの前に停車した。

馬車の扉が開いた。身軽にステップに足をかけて降りてきたのは、銀砂糖子爵ヒュー・マーキュリーだった。その背後からは護衛の、褐色《かっしょく》の肌《はだ》の青年サリムも降りてくる。

「先触《さきぶ》れも出さずに来たのに、出迎《でむか》えがあるとは思わなかったな」

ヒューはおさまりの悪そうな茶の髪《かみ》を軽く撫でつけながら、アンたちに近づいてきた。彼はいつも簡素な服を身につけているが、今日に限ってはなぜか銀砂糖子爵の略式の正装を身につけていた。白地に銀を織りこんだマントが光を跳《は》ね返している。

銀砂糖子爵の正装は、野性的なヒューの雰囲気《ふんいき》を押さえ込もうとするような感じがある。しかしそのアンバランスさが、かえって男性的な色香《いろか》になっていた。

驚《おどろ》くアンたちにかまわず、ヒューはポーチの石段を上ってアンたちに近づいてきた。

「なんの御用《ごよう》ですか？　銀砂糖子爵。しかもそんな格好で」

「そんな格好とはご挨拶《あいさつ》だな、コリンズ。俺だって仕事の時には、ちゃんとした格好をするさ」

そこでヒューは、表情を改めた。

「銀砂糖子爵として、命令を伝えに来た。ペイジ工房《こうぼう》派の長《おさ》代理。エリオット・コリンズ。命令だ。三日後正午。王城に伺候《しこう》しろ。凱旋《がいせん》通りの正門ではなく、西の門から中に入れ。西の門で門衛に名を告げれば通れるようにしておく。砂糖菓子の細工をするのに必要な、自前の道具があれば持参しろ」

「はっ？　王城へ？　しかも道具持参？」

唐突《とうとつ》な命令に、エリオットが目を丸くする。

「それはまたどうしてですか？　理由は？」

「今は答えられない」

にべもなく言うと、次にアンの方へ顔を向けた。

「アン・ハルフォード。おまえにも同様の命令だ。三日後正午、王城に伺候しろ。おまえさんも、道具を持って来い」

「わたしも!?」

仰天《ぎょうてん》して、素《す》っ頓狂《とんきょう》な声が出た。

エリオットのような派閥《はばつ》の長の代理であれば、王城へ呼ばれることもあるかもしれない。

だがアンは銀砂糖師としては駆《か》け出しで、実績もない。派閥にも属していない。取るに足りない一職人だ。そんな自分が王城へ呼び出される理由がわからない。

アンの混乱と疑問をいち早く見透《みす》かしたように、ヒューは先回りして釘《くぎ》を刺《さ》す。

「理由は訊くな。今は答えられない。さらにアンには条件がある。必ず、シャルと一緒に来い」

シャルが眉《まゆ》をひそめた。

「俺が王城に？　なぜだ」

「おまえも呼ばれているからだ」

「砂糖菓子《がし》職人でもない、妖精《ようせい》の俺をか？　なんのために」

「答えられない」

「誰《だれ》が呼んだ？」

「それも答えられない」

ヒューの返答は徹底《てってい》していた。不愉快《ふゆかい》そうな色が、シャルの目に走る。

するとミスリルが勢いこんで、アンの肩《かた》の上に立ちあがった。

「じゃ、俺様も王城に呼ばれるのか!?　俺様がまさかの、夢の王城デビュー!?」

「いや。おまえは来なくていい」

あっさり拒否《きょひ》され、ミスリルは塩をかけられた菜っ葉のようにしおしおとしぼんで、しゅんと膝《ひざ》を抱《かか》えて座り込んだ。

「子爵《ししゃく》。急に王城へ来いと言われても、俺たちにも仕事がある。俺は明日からミルズフィールドに帰って、工房のあれこれを段取りしなくちゃいけない。アンだって、やるべきことがある。それを放り出して来いと命じているのに、理由も言えないなんてのは横暴じゃないですかね」

さすがにエリオットは派閥の長代理だけあって、ヒューの命令に驚いてばかりではないらしい。ヒューはすこしだけ口元を緩《ゆる》めた。

「横暴は承知だ。だから言える範囲《はんい》のことだけは、知らせておく。この命令は、俺の出した命令ではない。俺はある方から依頼《いらい》されて、おまえたちに命令を伝えに来た。今回のことはおまえたち二人だけに出された命令ではなく、ある基準で選ばれた数人の砂糖菓子職人たちへ出された命令だ。王城に伺候することに対して、拒否権はない。必ず伺候しろ」

誰かが、砂糖菓子職人を選び集めようとしている。それをヒューに依頼をしたというのだから、貴族の誰かが依頼主に違《ちが》いない。

しかしなぜ、アンがその一人に選ばれたのか。アンよりも経験豊かで有名な砂糖菓子職人は、大勢いる。そしてなによりも、なぜ必ずシャルを伴《ともな》って来るように言われたのか。それが一番わからない。

「拒否権もないんですよね」

エリオットは、軽いため息をついた。

「そうだ。悪いがな」

「わかりましたよ。伺《うかが》います」

「必ず来い。アンも、いいな。シャルを連れてこいよ」

「……でも」

「来るんだ」

ぴしりと命じると、ヒューはきびすを返し歩き出そうとした。と、その歩みがとまった。

いつの間にか、玄関ポーチの下に薄茶《うすちゃ》の髪をした、品のよい顔立ちの貴公子然とした青年がいた。冬用の長外套《がいとう》はくるぶしまで覆《おお》っていたが、細身に作られていて立ち姿が洗練されている。首に巻いている柔《やわ》らかなタイが、彼の雰囲気にぴったりだった。前銀砂糖子爵の息子《むすこ》キース・パウエルだ。濡《ぬ》れた草を踏んで歩いたせいで、ブーツのつま先が黒く濡れていた。

キースはいつもの、一頭立ての馬車で坂道をのぼってきたようだった。しかしポーチに銀砂糖子爵の馬車が横付けされているのを見て、遠慮《えんりょ》したのだろう。彼の馬車は坂道の下り口あたりに止められている。

「キース来てたの!?　いつからそこに」

「うん。今、ね」

びっくりしたアンに、キースはわずかに笑って答えてくれた。けれどその笑顔《えがお》はどこかぎくしゃくしていた。

ヒューの命令に驚き戸惑《とまど》っていたアンたちは気がついていなかったが、シャルとサリムはとっくにキースの存在に気がついていたらしい。別段驚いた顔をしていない。ちらりとキースの様子を目の端《はし》で確認《かくにん》しただけだった。

「久しぶりだな、キース」

軽く挨拶したヒューに、キースは礼儀《れいぎ》正《ただ》しく頭をさげた。そして顔をあげたキースの表情は、どこか強《こわ》ばっていた。

「子爵。今の命令は……」

「おまえには関係ない」

質問を遮《さえぎ》るようなヒューの言い方に、キースの表情がさらに固くなる。

「僕には頂けない命令ですか？」

「そうだ」

あっさりと言うと、立ち尽《つ》くすキースの前を通り過ぎてヒューは馬車に向かった。

ヒューとサリムが馬車に乗り込むと、馬車は動き出した。坂道を下っていく馬車を見送りながら、アンは呟《つぶや》いた。

「なんだろう命令って……わけがわからない」

「おまえは何か知っているのか？　坊《ぼう》や」

シャルが、ポーチの下に突《つ》っ立っているキースに問いかけた。そこでアンは気がついた。キースは走り去る馬車を目で追いながら、両手の拳《こぶし》をぎゅっと握《にぎ》っている。

シャルの問いに、キースはゆっくりとシャルの方へ顔を向けて頷《うなず》いた。


「昨日。同様の命令がマーキュリー工房派の長《おさ》代理ジョン・キレーンと、ラドクリフ工房派の職人ステラ・ノックスに出されたと聞きました。そして今日はコリンズさんと、アンに」

ホリーリーフ城の二階小ホールに通されたキースは食卓《しょくたく》に座り、温かいお茶のカップを手にして、ゆっくりと口を開いた。

アンたちの目の前にも、よい香《かお》りの乾燥《かんそう》ハーブ茶が置かれている。爽《さわ》やかな香りが漂《ただよ》う。ほんとうなら、これからキースが準備している工房を一緒《いっしょ》に見に行くはずだった。だがヒューのもたらした命令のために、予定は変更《へんこう》になってしまった。

アンとシャル、エリオットも食卓について、キースの話を聞いていた。ミスリルはなにが悲しいのか、どんよりと暗い顔でアンの膝《ひざ》の上に力なく座っている。

「キレーンも俺もアンも、銀砂糖師だよなぁ。銀砂糖師を選んで声をかけてるのかね？　あれ、でもノックスってかなりいい腕《うで》してるって噂《うわさ》だけど、王家勲章《くんしょう》はもらってないよね」

エリオットは組んだ足をぶらぶらさせながらも、難しい顔でキースに確認する。キースはお茶のカップを食卓に置くと、頷く。

「ステラは銀砂糖師ではありません。彼は僕の学校時代の先輩《せんぱい》で、在学中に学業と並行して砂糖菓子の技術を学んで。卒業してから、本格的にラドクリフ工房《こうぼう》で修行《しゅぎょう》をしてます。腕がいいんですけれど病気がちで、砂糖菓子品評会にはタイミングが悪くて出場できていなくて。ですが出場すれば間違《まちが》いなく王家勲章を授《さず》かるだろうと言われている実力者です。ラドクリフ工房にはマーカスさんと、もう一人銀砂糖師がいますけど。その銀砂糖師は年のせいか、作品を作る量がめっきり減りましたし。その銀砂糖師よりも、今、実力はステラの方が上だと思います」

「そんな凄《すご》い職人がいたの？　ラドクリフ工房に？　でもキースの方が、腕がいいんじゃない？　だってマーカスさんは次の長の候補にキースをあげていたってくらいだし」

アンの言葉に、キースは苦笑《くしょう》した。

「どうかな？　僕の感じだと、僕とステラは実力的に同じだよ。ステラには生意気だって、怒《おこ》られそうだけど。ただ実力が同じでも、ステラは病気がちで、気ままなところもあるから、仕事を休んでばかりいる。長には向かないんだよ。だから僕の名前があがってたんだ」

「実力はあるけれど、銀砂糖師じゃなくて病気がち？　他《ほか》の人たちは銀砂糖師で、長の代理とか立場が上の人でしょ。わたしは新米銀砂糖師で、所属もないし……。命令を受けた人たちは、いったいどんな基準で選ばれたのかな？」

首を傾《かし》げたアンの横で、シャルが静かに口を開いた。

「各派閥《はばつ》から、一人ずつ。そう考えるのが妥当《だとう》だろう」

エリオットがぽんと手を叩《たた》く。

「確かにね。銀砂糖師か否《いな》かは、あまり考慮《こうりょ》されてない。派閥《はばつ》から一人ずつ、実力者が選ばれてる。アンは無所属って枠《わく》かな？　でもなんでアンなのかね。実力でいけば、キャットでもキースでも良さそうだけど」

その言葉に、キースがちょっと苦い表情でうつむいた。そしてぽつりと呟く。

「……僕も知りたい」

アンの耳には、確かにそう聞こえた。しかしキースはすぐに顔をあげて、苦笑いした。

「僕が考えていた予定が狂《くる》ったよ。ほんとうなら今日、君を招待して、僕の準備している工房を見てもらいたかったのに。ついでに言えば、きっと君はあの工房を気に入るだろうから、その場ですぐに君から、僕と一緒に工房を立ちあげるって返事をもらえると予想してたんだ」

それなりに実力も持っているキースが、素直《すなお》に自信を口にするのはかえってすがすがしくて、嫌《いや》みではなかった。

「その予想、あんまり間違ってない。わたしキースに工房を見せてもらったら、一緒に工房を立ちあげてみたいって言うつもりだった。わたしはこれから、自分の理想の形を見つけたいの。そのために、キースと一緒に新しい工房を立ちあげるのは、早道のような気がする。その仕事をしていくうちに、理想の形がわかるような気がするから」

キースは一瞬《いっしゅん》驚《おどろ》いたような顔をしたが、すぐに微笑《びしょう》した。

「ありがとう。アンがそこまで考えてくれてたこと、嬉《うれ》しいよ。でも君は三日後に王城に呼ばれているんだよね。理由はわからないけれど……選ばれたということは、なにか重要な仕事があるはずだよ。砂糖菓子《がし》職人として」

「うん。そう思う。だからその命令がなんなのかはっきりするまで、工房のことはちょっと先延ばしにした方がいいと思うの」

「当然だよ。そうするべきだ。きっと大切な仕事……」

そう答えたキースの表情がゆっくりと曇《くも》っていく。

「君が僕と一緒に工房を立ちあげること考えてくれたの、嬉しいんだ。嬉しいはずなんだ。だけど。僕は……、駄目《だめ》だね。どうしたんだろう……」

突然《とつぜん》、キースは立ち上がった。膝に抱《かか》えていた長外套の袖《そで》に腕を通す。

「あれ、もう帰るの？」

エリオットが訊《き》くと、キースはうつむきがちに「ええ」と返事した。

「工房のことは、ちょっと先になりそうですし。失礼します。アン、またね」

キースは何かにせき立てられるように、早足で階段を下りていった。

――キース。わたしの顔、見なかった。

礼儀《れいぎ》正しくて優《やさ》しいキースは、別れ際《ぎわ》の挨拶《あいさつ》もおろそかにしない。どんなに急いでいても、相手の目を一瞬《いっしゅん》でも見て微笑してくれる。

けれど今、キースはアンの目を見なかった。わざとこちらを見ないようにすらしていた。アンの姿を見たくないし、この場にいることがたえられないかのような振《ふ》る舞《ま》いだった。

「どうしたのかなぁ、キース。なんか思い詰《つ》めてるふうだけど」

エリオットはお茶のカップに手を伸《の》ばした。お茶に口をつけながら、カップの縁《ふち》ごしにシャルを見る。

「なにかあると言えば、シャルもだねぇ。ご指名でいらっしゃいだから。なにもない方がおかしいよねぇ」

ブラディ街道《かいどう》を外れた荒野《こうや》の城砦《じょうさい》で、シャルはヒューとダウニング伯爵《はくしゃく》と対峙《たいじ》した。シャルは妖精《ようせい》たちを逃《に》がすことを彼らに要求し、彼らはそれに応じてくれた。彼らは、シャルが他の妖精たちから特別視されている存在だと感じたはずだ。妖精たちの態度も、雪の中に佇《たたず》む彼の雰囲気《ふんいき》も、特別ななにかを感じさせるには充分《じゅうぶん》だった。

貴族とシャルの接点で思いつくのは、あの時しかない。

「シャル。王城に行って、大丈夫《だいじょうぶ》なのかな？　なにか悪いことが起きない？」

不安になるアンとは対照的に、シャルは頬杖《ほおづえ》をつき、湯気のたつカップに手をかざして平然とお茶を楽しんでいる。琥珀色《こはくいろ》のお茶が、カップの中で揺《ゆ》れていた。

「なにかが起こるなら、今この場に兵士が踏《ふ》みこんできているはずだ。ご丁寧《ていねい》に招待してくるんだ。それほど悪いことは起きないはずだ」

アンの膝の上で項垂《うなだ》れどんよりとしていたミスリルが、ぱっと顔をあげる。

「シャル・フェン・シャル！　俺様は心配だぞ！　心配で心配で、たまんないぞ！」

と、口では言いながらも、なぜかその目が素晴《すば》らしい発見をしたかのように、きらきら輝《かがや》いている。それに気がついたらしく、シャルは胡散臭《うさんくさ》そうな顔をした。

「心配？　おまえが俺を？　なにを考えてる」

「べべべ、別に！　俺様は純粋《じゅんすい》におまえのことが心配なんだ！　ほんとうだぞ！　なんだその顔。俺様がせっかく心配してやってるのに！」

「ほんとうに大丈夫かな」

不安が去らないアンの言葉に、シャルはこともなげに答えた。

「行ってみればわかる」


――なんだろう？　これは、なんでなんだろう？

キースは、胸の中に生まれた焦《あせ》りをもてあましていた。

銀砂糖子爵《ししやく》から直々の、王城への招集。それが意味するところをアンやエリオットはいまひとつ理解していない様子だった。

だが前銀砂糖子爵の息子《むすこ》キースは違《ちが》った。その命令の特異さに驚《おどろ》いた。

銀砂糖子爵以外の砂糖菓子職人が王城に召《め》された前例は、今までにない。

なぜなら王家の砂糖菓子職人は銀砂糖子爵だからだ。彼の存在がある限り、他の職人は必要ない。逆に他の砂糖菓子職人を呼ぶことは、銀砂糖子爵の面子《メンツ》をつぶすようなものだ。

それなのに誰《だれ》かが砂糖菓子職人たちを呼んだ。しかも銀砂糖子爵に命じて、彼らを招集している。ということは、砂糖菓子に関して、王家の中に重要な動きがあるのに違いなかった。

それに関《かか》わる職人として、数人が選ばれた。けれどその中にキースは含《ふく》まれていない。自分が選ばれなかったことは、ショックだった。けれどいつもならば、「それが自分の実力だ」と納得《なっとく》できるはずだった。

なのにさっきは違った。アンの顔を見ていると、今まで感じたことのないような不安を伴《ともな》った焦りがこみあげてきたのだ。

――だめだ。僕は。この感情を、沈《しず》める方法をみつけないと。原因を探《さぐ》って……。

こみあげる感情のまま振る舞うのが恐《おそ》ろしくなり、アンの前から逃げ出した。

ホリーリーフ城を出てルイストンの街中に帰った。自分が跳《は》ね上げた雪でズボンの裾《すそ》が汚《よご》れるのもかまわずに闇雲《やみくも》に歩き回った。

去年の砂糖菓子品評会で腕《うで》を競《きそ》って以来、キースにとってアンは、よき競争相手であり友だ。確かに砂糖菓子品評会ではキースが負けたのだが、モチーフの選び方の違いで勝敗がついたと思っている。あの場では、彼女の感性が勝利した。だがキースは完成度の点では、自分の方が勝っているかもしれないと思った。けして引け目など感じなかった。

だからずっと彼女のことを友だちと思って気にかけてきたし、自分が工房《こうぼう》を立ちあげようと決心したとき、真っ先に彼女をパートナーにしたいと考えた。

アンとキースは対等だ。だからパートナーになれる。

だが。アンと自分を対等だと思っていたのが、自分のうぬぼれだとしたら怖《こわ》かった。

しかし同時に、うぬぼれであるはずはないという強い思いもあった。エドワード・パウエルの息子として父親の影《かげ》に甘んじながらも、無駄《むだ》な時間は過ごしてないつもりだ。

——アンが選ばれて、僕が選ばれなかった。その理由がわからないから、不安なんだ。焦るんだ。人選の基準が曖昧《あいまい》すぎるからだ。訊きたい。なぜ僕が選ばれなかったのか。訊きたい。

アンと自分の違いがわからないのが嫌《いや》だった。自分のつま先が見えないような不安感だ。その不安感が去らなければ、この焦りはおさまりそうもない。

——子爵に訊く？　なぜ僕を選んでくれなかったんですかと？　そんな無様なことを？

絶対にそんな無様な質問はしたくなかったし、ヒューに対しても無礼な振る舞いだ。しかしそう思えば思うほど、胸がじりじりする。

頭痛の前触《まえぶ》れのような頭の重さを感じる。前髪《まえがみ》を強く握《にぎ》り、眉《まゆ》をひそめる。

キースの足は自然と、ルイストンの東の市場に向かっていた。

銀砂糖子爵のヒュー・マーキュリーは、かつて貿易を手広くやっていた大商人が、家業をたたみ手放した屋敷《やしき》を買い取ってルイストン別邸《べってい》として所有している。ルイストンの東の市場近くにある三階建ての屋敷で、裏庭が広く倉庫もある。だが左右には家並みが続いており、庶民《しょみん》の街のど真ん中に位置していた。もともと商人の家だ。門番や警備の兵が立ち番できる構造ではないので、そこが銀砂糖子爵の別邸と知らない庶民も多い。

自分の足が自然とここに向いていたことに驚いたが、そこを離《はな》れることもできなかった。しばらく東の市場を歩き回った後、キースは決心した。

「なぜ」と問う、膨《ふく》れあがる自分の声にあらがえなかった。

正面扉《とびら》をノックすると、すぐに取り次ぎの召使《めしつか》い妖精が顔を出す。

「キース・パウエルと言います。砂糖菓子《がし》職人です。銀砂糖子爵に面会をお願いしたいのです」

告げると、妖精は怪訝《けげん》な顔をした。当然だ。ただの職人が銀砂糖子爵を気軽に訪ねて来るなど、常識ではあり得ない。今にも扉を閉められそうだったので、キースは慌《あわ》てて名乗った。

「前銀砂糖子爵の息子です！　パウエルの息子、キースです！」

名乗った後、石を呑《の》んだような嫌悪感《けんおかん》が胃の辺りに落ちる。パウエルの息子と呼ばれるのを嫌っていた自分が、自らそう名乗るとは。けれどそうしてでも、銀砂糖子爵に会いたかった。

確認《かくにん》をすると言って待たされた後、中へ通された。

案内されたのは応接室で、大きな暖炉《だんろ》と長椅子《ながいす》と机、肘掛《ひじか》け椅子が二脚《きゃく》あった。窓に掛《か》かるカーテンは厚手で重量感があるし、調度も派手さはないが手をかけて作られた品だ。

それでも子爵の身分にしては、質素と言える別邸だ。

「待たせたなキース」

ほどよく暖められた部屋でしばらく待っていると、ヒューが大股《おおまた》に部屋に入ってきた。

椅子に座っていたキースは、彼を迎《むか》えるために立ちあがった。

ヒューは銀砂糖子爵の略式正装を脱《ぬ》ぎ、いつもの地味な茶の上衣《うわぎ》姿だった。

「どうしたんだ、俺に面会なんて。なんの話だ？」

長椅子に腰掛《こしか》けたヒューは、脚を組んでキースを見あげた。キースは彼の正面に立った。

「単刀直入に訊《き》きます。なぜ僕は選ばれなかったんですか？」

「なんの話だ？」

「昨日と今日で、四人の砂糖菓子職人に王城への招集命令を出しましたよね。銀砂糖子爵が直々に、しかも王城に砂糖菓子職人を招集することなんて、今まで一度もなかった。今回の命令がかなり特殊《とくしゅ》なことで、なおかつ大事な仕事なのだろうということは想像がつきます。道具を準備させるからには、仕事ですよね」

「確かに、特殊で重大な仕事だ。だがそれがわかっていて、おまえはなにが言いたいんだ？」

「その仕事に、なぜ僕が選ばれなかったのかを訊きたいんです」

「大した自信だな、キース。おまえがそんなにうぬぼれ屋だとは、思わなかったがな」

「僕自身が納得できる人選の基準があるのなら、こんな事は思いませんでした」

自分の気持ちを正確に伝えたかった。つとめて、感情的にならないようにした。

「各派閥《はばつ》で実力者を一人ずつ選んだのは理解できます。キレーンさんもコリンズさんも、銀砂糖師でもあるし文句なく派閥で一番の腕がある。ステラは銀砂糖師ではないですが、実際今のラドクリフ工房で、腕は一番とみていい。手に入れた称号《しょうごう》や立場で選んだのではなくて、現在の実力で選ばれた。的確に腕を見抜《みぬ》いての人選は、あなたにしかできない」

ヒューは椅子の肘掛けに頬杖をついてにやりとした。

「さすがに国教会独立学校の卒業生。賢《さか》しいな」

「あなたに命令できる方々は、限られている。今は訊いても答えてくれないでしょうから、訊きません。あなたはその誰かに依頼《いらい》されて、腕のいい砂糖菓子職人を各派閥から一人ずつ選び出した。それはわかる。それなら僕も、気にせずにすんだんです。僕が気にしてしまったのは……アンが選ばれたからです」

「アンは派閥に所属していない職人の枠《わく》から選んだ」

「僕が見る限り、派閥に所属していない職人で最も優《すぐ》れているのはヒングリーさんです」

「同感だ。だがキャットは、王城に来いなんて命令には従わない。それがわかっていたから、

除外した。俺の頭の中にあった残る候補は、あと二人。アンとおまえだ」

「じゃあなんで、アンなんですか⁉　僕では駄目《だめ》だったんですか⁉」

ヒューがゆっくりと立ちあがった。彼は無表情だ。キースの無礼な質問に怒《おこ》っているのだろうか。背の高い彼に鋭《するど》く見おろされ、キースは一瞬《いっしゅん》ひるみかけた。だが、ここまで来てしまったからには、自分が選ばれなかった理由を聞くまでは引き下がれなかった。

「アンは王家勲章《くんしょう》を持っている。おまえの手には王家勲章はない」

「確かに、そうです。でも王家勲章を持たないステラ・ノックスは選ばれてます」

「ラドクリフ工房の銀砂糖師と比べて、今はノックスの実力が上だ」

「じゃあ僕の実力が、アンと比べて劣《おと》っているんですか⁉」

「おまえはどう思うんだ？　アンと比べて、自分が優れていると証明できるか？」

「それは……！」

小馬鹿《こばか》にするようにヒューは笑うと、ゆっくりとキースの周囲を歩いた。キースの頭の上から、囁《ささや》くように問いかける。

「どうした。俺に文句の一つも言いたくて来たんだろう。言ってみろ。自分がアンより優れていると、主張してみろ」

両手の拳《こぶし》を握り唇《くちびる》を噛《か》んだ。アンと自分は対等だと思う。だからこそ、自分がアンより優れているところは思いつかなかったし、アンが自分より優れているところも思いつかなかった。

嘘《うそ》はつけない。答えられない悔《くや》しさに拳が震《ふる》える。

「僕は……」

「言え」

「僕は……。アンより優れているところはない。けれどアンが僕より優れているところも、ない。僕たちは実力的に対等です。だから僕が優れているとは言えません。だけどあなたの目にはどう映ったんですか。それを訊きたいんです。質問しに来たのは、僕なんです！」

指が白くなるほど強く拳を握り、顔をあげ、ヒューを睨《にら》むようにして答えを待った。

ヒューはキースの正面に立ち止まると、しばらく沈黙《ちんもく》した。そしてゆっくりと口を開いた。

「実際、俺は迷ったよ。アンか、おまえか」

「ではなぜアンを⁉」

身を乗り出して問うと、逆に問い返された。

「キース。この命令がなんの意味があるかもわからないのに、選ばれたいのか？」

「当然です！」

「なぜだ」

「なぜって、アンが選ばれたから……！」

思わず口にして、キースははっとして唇を押さえた。

——そうか僕は、ただ負けたくないんだ。

それは敵愾心《てきがいしん》ではなく、純粋《じゅんすい》な競争心だった。勝ちたいのではなく、負けたくない。同じ場所に立ちたい。もちろん今回の件に興味があり、参加してみたいという欲求《よっきゅう》はある。だがそれ以上に、アンに置いて行かれるような気分になるのがたまらなかった。不安の原因は、それだけなのだ。自分はアンに置いて行かれはしないかと不安で、そして焦《あせ》っているだけなのだ。

「僕は……アンと対等だと思っています。そして対等でありたい。だから彼女が選ばれたのなら、僕も同じように選ばれたい」

そこまで言ってうつむいた。

「子供みたいですね、僕は」

常に冷静で、人に恥《は》ずかしくない人間でいたい。そう思い続けているのに、自分の中に生まれる様々な感情が苦しかった。不安がって焦る自分が無様だ。

すると、ふっとヒューが笑った気配がした。

「隙《すき》のない賢しいパウエルの息子《むすこ》よりも、今のほうが素直《すなお》でいい。おまえはもう父親の立場を気遣《きづか》う必要もないし、子爵《ししゃく》の息子としてお上品に振《ふ》る舞《ま》う必要もない。素直に、職人らしく、やりたいこと望むことを口にしろ。もっと貪欲《どんよく》になれ。それでいいんだ。顔をあげろキース」

言われるまま顔をあげると、ヒューは続けた。

「アンとキース。どちらを選ぶか迷ったが、決断したのは俺じゃない。迷っていたら、アンを呼べと命じられたんだ。ある人からな」

「え？　じゃあ……」

「俺はまだ選んでいなかったんだ。だがアンを呼べと言われたから、従った。だが俺は、おまえも捨てがたいと思う。アン以外の人選は俺に一任されている。王城へ招集する職人の人数も、全部で四、五人と決められている程度だ。だからもう一人、おまえを呼んでも悪くない」

「それは……僕は、選んでもらえるということですか？」

ヒューは口調を改めた。

「キース・パウエル。砂糖菓子作りの道具を準備して、三日後王城に伺候《しこう》しろ。命令だ」

それだけ言うと、彼はさっと部屋を出ていった。

命令がくだった。嬉《うれ》しいというより、ほっとして気が抜《ぬ》けて、すこしぼんやりしてしまった。

——僕は対等でいられるんだ。アンと。


ホリーリーフ城。右翼《うよく》二階のアンの部屋は、暖炉《だんろ》の火が落ちてすっかり冷えていた。

シャル・フェン・シャルは窓辺に座り、考えこんでいた。窓の外に月はなく、残雪の林が黒々と闇《やみ》の中に横たわっている。窓のガラスの端《はし》に、霜《しも》が張りついている。

ミスリルのいびきが、アンのベッドの中から聞こえる。アンの寝息《ねいき》も聞こえる。

ラファルに襲《おそ》われる心配がなくなった今も、こうやってなんとなく三人まとまって同じ部屋に寝《ね》ている。三人ともそれが当然と思っていたので、誰《だれ》もなにも言わなかった。けれどこうやって冷静になってみると、馬鹿馬鹿《ばかばか》しいことこの上ない。こんなに部屋が余っているし、なんの危険もないのに、どうして狭《せま》い思いをして寄り集まっているのか。

——俺も、気がつかなかったがな。

シャルも、三人でいるのを当然と感じていた。おかしなことだと、我ながら思う。

ホリーリーフ城は静かだった。昨日ペイジ工房《こうぼう》の連中は、エリオットを除く全員がミルズフィールドに帰ったからだ。

グレン・ペイジは別れ際《ぎわ》シャルに礼を言ってくれた。アンには「君の未来のためにしっかりがんばれ」と励《はげ》ましの言葉をかけていた。

対照的にブリジットは、別れ際にどんな態度を取ればいいのかわからないらしく、彼女お得意のつんけんした態度だった。アンに対しても「訊きたいことがたくさんあるのに、なんで一緒《いっしょ》に来ないの？」と、ぶつぶつ言っていた。

しかしアンはけろりとして、「じゃあ今度遊びに行くから、その時話しましょう。お茶をごちそうしてください」と返していた。ブリジットは「ずうずうしい！」と怒ったように言ったが、いつでも遊びに来ていいと許可を出した。

ダナはアンとの別れがつらいらしく、泣き通しだった。ハルが必死に慰《なぐさ》めていたが、アンが

「今度遊びに行くから、おいしいハーブ茶をいれてね」と頼《たの》むと、やっとすこし笑顔《えがお》を見せた。

ノアはアンに、絶対遊びに来てねと、何度も念を押していた。彼も十五年ぶりにホリーリーフ城を出て、新しい一歩を踏《ふ》み出すのが不安なのだろう。別れ際までアンにまとわりついて、ずっと彼女のドレスのスカートの布地を握《にぎ》っていた。アンはいつでもノアのために砂糖菓子《がし》を作るからと、約束していた。

キング、オーランド、ヴァレンタイン、ナディールの四人の職人たちは、シャルとミスリルに、いつでも帰って来いと言った。さらにアンには「がんばれよ、職人頭」と声をかけていた。

彼らは最後まで、アンを職人頭と呼んでいた。

ペイジ工房の連中は、悪くない。シャルですら、一緒にいてもいいような気がするのだから、アンは彼らと一緒に生活して仕事をすれば、ずっと心やすく楽しい日々を送れるだろう。

けれどアンは、それをよしとしない。

彼女は十六歳と若く、銀砂糖師としてまだまだ未熟なのを心得ている。だからもっと成長したいと望んでいる。自分自身の変化を望んでいる。

変化を望み、変化していくのは人間の特徴《とくちょう》だ。そんなふうに未来を見据《みす》える姿は、頼もしくもあった。人のたくましさだ。

そのアンがキースと工房を立ちあげる決意をした。それは当然の流れで、シャルもそれを、やってみる価値のある仕事だと思った。

だがそれを、心から喜べない自分がいる。

アンの理想が形になり幸福を手に入れれば、シャルは用済みだ。アンのそばにいる理由がなくなる。理由があれば堂々と彼女の傍《かたわ》らにいられる。だが、理由を失えば彼女の目の前からは消えなくてはならない。それからは彼女に触《ふ》れることもなく、話をすることもなく、遠くから見ていることしかできない。

それならばアンは慌《あわ》てて、安定した幸福を手に入れなくていい。ゆっくりと迷いながら歩けばいい。

そこまで考えて苦笑《くしょう》した。

アンの幸福を願っているはずなのに、どうしてゆっくり迷って欲しいと思ってしまうのか。

今回、ヒュー・マーキュリーがもたらした命令に、内心どこかほっとしていた。これでアンがキースと工房を構える仕事に入るのが、先延ばしになる。

気がかりなのは、ヒューがもたらした命令の内容だ。

集められた職人たちになにが待ち受けているのかは、わからない。しかし砂糖菓子職人の庇《ひ》護《ご》者である銀砂糖子爵が関《かか》わっているのだから、彼らの不利益になる話ではないはずだ。

ただシャルが、彼らとともに呼ばれたのだけが不可解だった。

何者かがシャルを呼んだ。それが何者なのか。

黒曜石から生まれ、リズとともに過ごした十五年は、夢の中でまどろむような穏《おだ》やかな日々だった。シャルもリズも変化など望まなかったし、変化があるとも思っていなかった。

そしてリズが死んでからの、百年あまり。復讐《ふくしゅう》を果たして後は転々と売られ、様々なことを経験したが、憎悪《ぞうお》と怒《いか》りの中に沈《しず》む自分の中に変化はなかった。

それがアンに出会ってから、何かが変わった。そしてその出会いによって、シャルの運命が大きく動き出した。そんな気がしてならない。

シャルは窓辺を離《はな》れ、ベッドに近づいた。ミスリルは上掛《うわが》けの上にはみ出て大の字になっていた。アンは上掛けを胸元《むなもと》に引き寄せるようにして、すやすや眠《ねむ》っている。

運命を動かしたのは、この少女だ。シャルの運命の鍵《かぎ》はアンなのかもしれない。

頬《ほお》の曲線に触れようと、そっとアンに手を伸《の》ばしかけた。しかしためらいが強く、指をひく。

再び窓の方へ視線を向ける。窓の外は暗い。新月の夜だ。

――誰だ？　俺を王城に呼んだのは。

シャルを呼ぶのは、運命という名前の何かなのだろうか。

二章　銀砂糖妖精

王都ルイストンの中心である王城は、ハイランド王国で最も歴史の古い城だ。

もとは天守とその周囲を一重《ひとえ》に囲む城壁《じょうへき》があるだけの、ルイストン城と呼ばれる小さな城であった。しかしそこをミルズランド家が本拠地《ほんきょち》と決めた三百年前から、小さな天守を囲むように新たに城壁が作られ、そこに第二の天守、第三の天守と作られた。

さらに百年前。

ハイランド王国が統一されてミルズランド家が王位に就《つ》くと、またもや城は拡張された。

現在の王城は、年代の違《ちが》う天守が四つある。

王城を上から眺《なが》めることができれば、ちょうど木の年輪のように、城壁が幾重《いくえ》にも廻《めぐ》らされているとわかる。他《ほか》の城に比べて王城がずば抜けて巨大《きょだい》なのは、その構造によるものだった。

高さの違う塔《とう》が不規則に建ちならび、それらすべてに何らかの旗印が翻《ひるがえ》っている。

旗印はミルズランド王家の紋章《もんしょう》もあれば、王が城に滞在《たいざい》中に掲《かか》げられる王の旗印もある。王《おう》妃《ひ》の旗印と、王子たちの旗もある。王城に伺候《しこう》するミルズランド王家一族の旗もある。

なびく旗印の下には兵士の姿があり、甲冑《かっちゅう》が日光を反射して彼らの存在を誇示《こじ》していた。

その王城を中心にして、百年前から急速に発展してきた城下街である、王都ルイストン。

巨大な王城の周囲に延々と並べられた、石の駒《こま》のようにも見える。街路の端や家々の屋根にはまだ雪が残っており、吹《ふ》き抜《ぬ》ける風は冷たい。しかし日射《ひざ》しは明るく、これから日ごとに寒さが和《やわ》らいでくることを予感させる。

「ミスリル・リッド・ポッド。大丈夫《だいじょうぶ》かな？」

首筋を撫《な》でた寒風に首を縮めながら、アンは見えるはずもないホリーリーフ城のある方向をふり返った。アンの箱形馬車はルイストンの街中を進み、王城の西門へ向かっていた。

「大丈夫でしょう。心配なのは、一人で留守番だから退屈《たいくつ》だろうってくらいじゃないかな？」

箱形馬車の手綱《たづな》はエリオットが握っていた。その隣《となり》にアンが座り、アンを挟《はさ》んで反対側にシャルが座る。シャルが眉《まゆ》をひそめる。

「気になる」

「そうよね。やっぱり一人で留守番なんて可哀相《かわいそう》」

「相変わらずのぼんやりぶりだな。おまえはなにを見ていた？　ミスリル・リッド・ポッドの、あのものわかりがいい様子が、おかしいと思わないのか？」

「言われてみれば確かに、素直《すなお》すぎたかも」

ミスリルを一緒に連れて来るのは、さすがにまずい。仮にも王城だ。許可のない者を連れ入ったら、それだけで首が飛びそうだ。

ミスリルのことだから当然、みんなと一緒《いっしょ》に行くとだだをこねるか思いきや、彼はあっさり「俺様は一人で留守番する」と言ったのだ。そしていやに機嫌《きげん》良く、行ってこいと手を振《ふ》った。

「なにかたくらんでる」

断言するシャルに、アンは引きつった笑いを返した。

「ははは……。まさかそんな。たくらむなんて。……ちなみに、なにを？」

訊《き》くのは怖《こわ》い気もしたが、訊かなければもっと怖い。

「あいつのおかしな思考回路がどう働くかなど、わからん」

するとエリオットが、うきうきしたように口を挟む。

「もし俺が一人あの城に残ったら、『俺、お城に住んでるんだぜ』とか言って、女の子をいっぱいナンパしてきて、お城でどんちゃん騒《さわ》ぎするね」

「別に悪いことじゃないですけど。ものすごく感じはよくないですよね、それ」

軽い発言にげんなりするが、エリオットは嬉《うれ》しそうだ。

「え、そう？　男の夢だよ。ロマンだよ。ねぇ、シャル」

「垂れ目のおまえと一緒にするな」

「ちょっと、垂れ目は関係ないじゃない？　まぁ、シャルはアンだけで大満足なんだろうねぇ。ある意味それも男のロマンだよね」

「誰《だれ》がこの貧弱なお子様の話をしたんだ？」

「あれ？　違った？」

自分の頭の上で交《か》わされる会話に、アンは肩《かた》を落とした。

──貧弱……。お子様……。

確かに我ながら色々貧弱だと思うし、子供っぽいとは思う。が、そこまではっきり言われると多少へこむ。

箱形馬車は王城の西門に到着《とうちゃく》していた。

王城の正面に位置し、凱旋《がいせん》通りと直線で結ばれている正門は、見あげるとめまいがしそうな高さがある。石の観音開きの大扉《おおとびら》には王家の紋章が彫《ほ》り込まれ、巨大なレリーフのようだ。動かせるとは思えない大きさだ。

比べて西門は、高さも幅も正門の半分程度。石の扉ではなく、鉄鋲《てつびょう》が打たれた樫材《かしざい》の大扉。門の左右に衛士の詰《つ》め所と思われる石の建物があり、衛士が立っている。

西門は城へ様々な物品を納入する商人たちの通路にもなっているらしく、常に開かれていた。

「ここが、王城」

アンは西の門を見あげる。

王城は国王の居城で、庶民《しょみん》のアンにとっては遠くから眺めるだけの存在だった。そこに行きたいとか、行けるとか、考えたこともない。空に流れる雲を見あげるのと同様で、見えてはいるが、絶対に手は届かないし行けるはずのない場所だった。

そんな場所に踏《ふ》みこもうとしているのだ。雲の上に足をかけるように、好奇心《こうきしん》と同時に、未知のものに対する不安が体いっぱいにあふれてくる。

アンたちが門衛に名前と身分を告げると、中に通された。箱形馬車は衛士の一人に導かれて、馬や馬車がとめられている馬車だまりへ案内された。

そこに馬車を預けて、三人は徒歩で城の奥へと導かれた。

門をくぐってから、アンは緊張《きんちょう》で息苦しいほどだった。けれど歩き出すと、いくぶん気分が落ち着いてくる。隣を歩くシャルを見あげると、彼はいつもと変わらず平然としている。エリオットは珍《めずら》しそうに城の構造を眺めてはいるが、アンほど緊張はしていないらしい。

城壁が三重に廻らされているので、王城内部は複雑な作りで往来は面倒《めんどう》そうだった。直線で進めばすぐだろう距離《きょり》も、あちらへまわり通路をくぐり、こちらへまわり通路をくぐりといった具合なので、なかなか前へ進んだ気がしない。

自分たちが進んでいる方向がよくわからなくなったころに、天守が見えてきた。

四つの角塔があるだけのこぢんまりした天守で、しかも石の加工が稚拙《ちせつ》なので、古い時代のものだとわかる。

「第一の天守です」

案内の衛士は、アンたちにそれだけ告げるとさらに歩を進めた。

天守の出入り口扉を入る。普段《ふだん》は使われていない天守なのか、装飾《そうしょく》や調度類がない。石の壁《かべ》と廊下《ろうか》が続いているだけだ。ひとけもなく、空気が冷えている。自分たちの足音が、天井《てんじょう》に反《はん》響《きょう》する。

古さと規模からすると、この天守が王城の中心部で、かつてルイストン城と呼ばれた城なのかもしれない。

国王の住まいや執政《しっせい》の場は、使い勝手がよく綺麗《きれい》で新しい天守に移っているのが自然だ。ということは、ここは利用価値もなく、置き忘れられたようになっているのだろう。

なぜこんなおかしな構造にしたのだろうか。

──まるで、わざと王城の中心を空っぽにしたかったみたい。

まっすぐ廊下を進むと、アーチ型の出入り口があった。扉が開かれ、明るい日射しが廊下の奥へ斜《なな》めに射《さ》しこんでいる。

出入り口の前で、衛士は立ち止まった。

「ここから先は、許可された者しか立ち入ることができません。皆様《みなさま》方の許可は出ていますから、皆様方だけでお入りください。繭《まゆ》の塔があります。そちらへどうぞ」

衛士はその場に直立不動の姿勢を取った。

「繭の塔、ですか？」

アンが問い返すと、衛士は答えた。

「中に入ればわかるということです」

アンはシャルとエリオットと顔を見合わせた。エリオットが肩をすくめる。

「ま、入れと言うんだから、入ろうか」

明るい日射しの中に、踏み出した。

そこは広い庭だった。

円形にぐるりと、城壁《じょうへき》で囲まれていた。出入り口は、今、アンたちがくぐってきた天守の出入り口のみだ。天守を通り抜けなければ、この庭には入れない構造になっている。

残雪に覆《おお》われた円形の庭の中心には、なにかの記念碑《きねんひ》のように、茨《いばら》の絡《から》まる円錐《えんすい》形の塔《とう》が建っていた。

高さは天守に匹敵《ひってき》するほどだ。形が不揃《ふぞろ》いな石を積みあげてはいるが、それがきっちりと隙《すき》なく組まれていて壁面《へきめん》はなめらか。そしてその壁面は、冬枯《ふゆが》れた茨に覆われている。

縦横無尽《じゅうおうむじん》に張り巡《めぐ》らされた茨の色は薄茶色《うすちゃいろ》で、艶《つや》がある。光に照らされて、ほんのり光っている。薄《うす》く輝《かがや》く茨に覆い尽《つ》くされた塔は、まるで巨大《きょだい》な繭になろうとしているかのようだ。

これが繭の塔に違《ちが》いなかった。

何か大きなものを内部に抱《いだ》いて、まどろむかのように見える。

しかしそれは、中に抱いたものを守っているのだろうか。それとも抱いたものを逃《に》がすまいと、縛《いまし》めているのか。茨の蔓《つる》の輝きの美しさと棘《とげ》の恐《おそ》ろしさが、塔の印象を複雑にしている。

円形の白い庭に塔が一つだけ建っている。その空間は、余分なものを意識的に排除《はいじょ》したようだった。巨大な祈《いの》りの場のようにも感じる。

「来たな。コリンズ、アン。シャルもいるな」

ふいに、円形の庭に反響してヒューの声が聞こえた。

声の出所に目を向けると、繭の塔の足元に、銀砂糖子爵《ししゃく》の正装を身につけたヒューの姿があった。かなりの距離があったが、城壁が音を反響させる効果があるらしく、声はよく聞こえる。

「こちらに来い」

アンたちが立つ出入り口からまっすぐ、繭の塔へ続く石畳《いしだたみ》の道がある。そこだけは雪が溶《と》かされていた。その石畳の道を進む。

繭の塔が近づくにつれて、ヒューの姿もはっきりする。彼は塔の壁面に開かれた出入り口の前にいた。

「よく来たな。まあ、楽にしろ。取って食うつもりはない」

アンたちが出入り口の前まで来ると、ヒューは顎《あご》をしゃくり、来いと言うように合図して中に踏みこんでいった。エリオット、アン、シャルの順番で、ヒューの背に続いた。

一歩、中に踏みこんだ途端《とたん》だった。アンは鼻をひくつかせた。

──甘い香《かお》り。これは、銀砂糖？

壁面のあちこちに、不規則に小窓が並んでいる。足元近くもあれば、顔の辺り。かと思えば、天井ぎりぎり。小窓には白く濁《にご》ったガラスがはめこまれているので、光は柔《やわ》らかだ。そして不規則に並んでいる窓のおかげで足元から天井まで、隅々《すみずみ》まで明るい。

奥に石の階段があり、それは壁面に沿ってぐるりと螺旋《らせん》状に上へ続いている。塔の内部は何層もの階にわかれているらしく、壁面に沿う螺旋階段は上層階への通路らしい。

アンたちが踏みこんだのは一階部分だが、圧迫感《あっぱくかん》はない。見あげれば天井は、アンの背丈《せたけ》の二倍ほども高い。そして空気には、なぜか銀砂糖の甘い香りが漂《ただよ》っていた。

その場には既《すで》に、二人の職人がいた。

一人はアンも、新聖祭の選品で顔を合わせたことがある。マーキュリー工房《こうぼう》派の長《おさ》代理のジョン・キレーンだった。神経質そうな細面《ほそおもて》に片眼鏡をかけている。

もう一人は、二十代前半の見知らぬ男だった。しかし昨日キースから話を聞いていたので、何者か予想がついた。おそらく彼は、ラドクリフ工房派の職人ステラ・ノックスだろう。細身で色白、しかもさらりと目にかかる髪《かみ》も白に近いプラチナブロンドだ。病弱だと聞いていたとおり、とても繊細《せんさい》そうな雰囲気《ふんいき》だ。だが目つきは冷淡《れいたん》で、無表情だ。耳に小さな飾《かざ》りをつけ、両手の指にも細い指輪を幾《いく》つかはめていた。華奢《きやしや》な装飾品が、どことなく女性的で冷たい容姿の彼には似合っていた。

二人は遅《おく》れてやってきたアンとエリオットに、黙礼《もくれい》した。アンは黙礼を返したが、エリオットはキレーンに対してだけ、軽く手をあげて挨拶《あいさつ》した。キレーンはエリオットをマーキュリー工房に引き抜《ぬ》こうとした事もあるらしく、わりに親しい間柄《あいだがら》のようだった。

キレーンもステラも、シャルを見てちょっと不思議そうな顔をする。彼らは、シャルが呼ばれてきたという事情を知らないのだろう。

ヒューは石の螺旋階段の前に立った。

「あともう一人。職人が来る」

「でも呼ばれたのは、俺たち三人と、キレーンとノックスだけでは？」

エリオットが問うと、ヒューは口元に面白《おもしろ》そうな笑《え》みを見せた。そして、アンたちが背を向けている出入り口に向かって声をかけた。

「もう一人、追加したんだ。おまえが最後だ。よく来たキース」

「キース!?」

アンもエリオットも目を丸くして、背後をふり返った。出入り口には、ちょっと照れくさそうな顔のキース・パウエルがいた。彼はゆっくりと塔の内部に入ってきた。

「キース。あなたも選ばれたの？」

アンの問いに、キースは軽く首を振《ふ》った。

「選ばれた……というよりは。無理矢理《むりやり》選んでもらった感じかな。ちょっと強引《ごういん》だったけど、銀砂糖子爵に頼《たの》んだんだ。今回の件に関《かか》わる職人として、僕も選んで欲しいって」

「大胆《だいたん》だねぇ」

エリオットが、呆《あき》れたような感心したような顔をする。

「自分でもそう思います。でも、参加したかったので」

そしてキースはヒューに軽く頭をさげた。ヒューも頷《うなず》き返す。

「さて。これでそろったな」

ヒューは組んでいた腕《うで》をほどき、順繰《じゅんぐ》りに職人たちの顔を見回した。

「マーキュリー工房派長代理ジョン・キレーン。ラドクリフ工房職人ステラ・ノックス。ペイジ工房派長代理エリオット・コリンズ。砂糖菓子職人アン・ハルフォード。砂糖菓子職人キース・パウエル。五人は俺が選んだ。腕がよく、若い職人だ。俺に職人を集めろと命令を下した方を紹介《しょうかい》しよう。全員、跪《ひざまず》け」

言うとヒュー自身もその場に膝《ひざ》をついたので、アンを含《ふく》めた職人たちも膝をつく。しかし、シャルだけは壁際《かべぎわ》に背をもたせかけて立ったままだ。ヒューはそれを見て苦い顔をした。

「シャル。おまえもだ」

「俺はおまえに使役《しえき》されているわけじゃない。膝は折らない」

「生意気だな、相変わらず」

ヒューは舌打ちした。

今からなにが起こるかわからないが、ヒューが言うとおりに膝を折っていた方が無難だ。ここは王城。命令一つで人の首を刎《は》ねることができる人間が、何人もいるはずだ。

けれどだからといって、シャルに跪けとは言えない。彼は妖精《ようせい》だ。王城に住む人間を王として敬う義理などないし、妖精としての誇《ほこ》りがある。

「かまいません銀砂糖子爵。その妖精は跪く必要はない。そもそも職人たちも、銀砂糖子爵あなた自身も、私を迎《むか》えるのに跪く必要はありません」

凛《りん》として澄《す》んだ声が、出入り口から聞こえた。

思わずアンはふり返り、職人たちの視線もそちらに集中した。

「皆《みな》、立ってください」

ゆっくりと塔の中に踏《ふ》みこんできた女性を見て、アンは息をのんだ。

緑の瞳《ひとみ》と、明るい茶の髪。ほっそりとしているのに、ぎすぎすした感じはなく柔らかな印象がある。すっと伸《の》ばした背筋に、威厳《いげん》と知性が感じられる。それは砂糖菓子品評会で二度、目にしたことのある高貴な女性。

――王妃《おうひ》様!?

高い襟《えり》には幾重《いくえ》にもレース飾りがつけられ、優《やさ》しげなその顔立ちを引き立てていた。ゆったりと裾《すそ》の広がった青色のドレスは、あっさりとしたデザインだったが、細かなドレープが手仕事の質のよさを物語っている。王族の気品が漂う。

アンは立ちあがるのも忘れて、ゆっくりとヒューの隣《となり》に歩いて行く王妃を目で追っていた。

他《ほか》の職人たちも同様で、唖然《あぜん》としていた。

ヒューは立ちあがると、やってきた王妃の手を取り恭《うやうや》しく手の甲《こう》に口づけた。

「ご命令通り、職人たちを集めました。五人です。いずれも若く才能ある職人たちです」

「ありがとう銀砂糖子爵。さあ、皆お立ちなさい」

職人たちは、自分たちが未《いま》だに跪いていることに気がつき、慌《あわ》てて立ちあがった。

全員が立ちあがったのを確認《かくにん》してから、王妃はゆっくりと彼らに向かって口を開いた。

「マルグリットです。ハイランド王国国王エドモンド二世陛下の妃《きさき》です。私が銀砂糖子爵に命じ、あなた方を呼び寄せました。若い、才能のある職人を数人、王家は必要としています。ある仕事を頼みたいのです。重要な仕事です。さらにこの仕事に関わった者は、次期、銀砂糖子爵の候補者ともなります」

王妃の言葉に、職人たちがぎょっとしたのがわかった。

「別に今すぐ、銀砂糖子爵を交代するといった話ではありません。銀砂糖子爵の身に何かがあった場合、もしくは彼が役割を果たせなくなった場合の保険ととらえてください。何かがあった場合は、候補者の中から新しい銀砂糖子爵が選ばれるということです」

──次期、銀砂糖子爵候補？

その意味がアンの中にゆっくりと溶け出すように理解できると、そら恐《おそ》ろしい感じがした。

銀砂糖子爵など、アンの理想とするものの範疇《はんちゅう》を超《こ》えている。

「この仕事に関わるには、条件があります。この仕事において知り得たこと、技術。それらはすべて他言無用。技術も、他者に伝えることは許されません。その約束を守れると誓《ちか》う者は残りなさい。もし守れない者は、今からここを去りなさい。さらに一度関わったからには、途中《とちゅう》で辞《や》めることも許されません。その覚悟《かくご》がない者も、去りなさい」

銀砂糖子爵《ししゃく》になりたいなどと、アンは一度も考えたことはなかった。逆にヒューとの勝負で、銀砂糖子爵の立場の不自由さを知ってしまったが故《ゆえ》に、そんなものにはなりたくないとさえ思う。もし銀砂糖子爵の候補になるためだけにここに呼ばれたのだとしたら、アンはこの場から立ち去ったかもしれなかった。

だが。王妃マルグリットは「技術」と言った。

ここに集められているのは、ハイランド王国内でも屈指《くっし》の砂糖菓子職人たちだ。その彼らが銀砂糖や砂糖菓子について、知らないことなどないはずだ。

なのに王妃は、まるで彼らが知らない技術があるかのように、「技術」とあえて口にした。

──銀砂糖師で、派閥《はばつ》の長の代理にまでなっている人たちが知らない技術？

そんなものがあるのだろうか。疑いながらも、未知の技術が存在するかもしれないという可能性に、血が沸《わ》くような興味を覚える。「それはどんなもの？」と、ねだるように問いかけてくる声が、胸の奥から聞こえる。どうしようもない欲求《よっきゅう》だった。職人の性《さが》なのだろう。

他の職人たちの目にも、職人の性が見える。誰《だれ》も出て行く気配はない。

王妃は頷いた。

「よろしい。皆、誓いを守れるということですね」

王妃は職人たちを見回した。

「これからあなた方には、ある人物の持っている銀砂糖の精製技術、砂糖菓子の制作の技術を、受け継《つ》ぐために学んで欲しいのです。現在の銀砂糖子爵も、その人物から学びました。しかし彼の場合は、銀砂糖子爵になることが決定してから、学びました。本来その技術は、銀砂糖子爵のみに伝えられる技術でした。けれど今回は、銀砂糖子爵候補の五人にそれを学んでもらいたいのです。なぜなら……」

「王家もようやく気がついたのだ。わたしの命も、永遠ではないとな」

王妃の言葉に、落ち着いた女の声が割って入った。女性にしてはいささか低いその声は、耳に馴染《なじ》みやすい心地《ここち》よい響《ひび》きを持っていた。

「君たちがわたしの弟子《でし》というわけか」

ヒューと王妃が立つ背後。塔《とう》の壁《かべ》に沿って螺旋《らせん》状に続く階段から、すらりとした人影《ひとかげ》が下りてきた。艶《つや》のある茶の瞳と、透《す》けるように輝《かがや》く長い金髪《きんぱつ》。そして白い肌《はだ》。さらりとした薄手《うすで》の白いドレスを着ていた。ドレスの裾にいれられたスリットから、歩を進めるごとに、たおやかな白い脚が見える。その背には、膝裏に届く長い羽が一枚。妖精だった。しかもうっすら微笑《ほほえ》むその顔立ちは、息をのむほどに美しかった。薄《うす》い唇《くちびる》は薔薇《ばら》色《いろ》で魅惑《みわく》的だ。

シャルがつと眉《まゆ》をひそめ、壁から背をはなす。

アンを含めた職人たちは、美しい妖精に視線が釘付《くぎづ》けになるばかりだった。

王妃はすこし困ったような顔をした。

「ルル。説明には順序があります。いきなりあなたが出てきてもらっては、困ります」

妖精は階段を下りきると、王妃の隣に立った。ふんと鼻を鳴らして腕組《うでぐ》みして、呆然《ぼうぜん》として
いる職人たちをじろじろと眺《なが》めながら傲然《ごうぜん》と言い放った。

「説明はもう充分だろう。わたしの名はルル・リーフ・リーンだ。君たちはわたしの弟子にな
るために呼ばれた。わたしから学べ。それだけだ」

職人たちは眉をひそめたりきょとんとしたり、反応は様々だが、彼女の言葉の意味を理解で
きた者はいないらしい。当然アンも、首を傾《かし》げるしかない。

──この人は、誰？

疑問符《ぎもんふ》だらけの職人たちにはかまわず、ルルの視線は、壁際にいるシャルの方へ向いた。

「君が黒曜石か。待っていたぞ」

「俺を呼んだのは、おまえか。なぜ俺を呼んだ。おまえは何者だ」

「わたしはルル・リーフ・リーンだ。呼んだのは、会いたいからに決まっている」

──この綺麗《きれい》な人がシャルを呼んだ……。なぜ？　この人は誰？　シャルと関係が？

知りたいことが一気にふくれあがるが、妖精ルルの妙《みょう》な迫力《はくりょく》に気をのまれて言葉が出ない。

やれやれと言いたげに、ヒューが王妃とルル、職人たちの間に歩み出た。

「彼らには、順を追った説明が必要です。王妃様。許可を頂ければ、わたしが彼らに、詳《くわ》しく

事情を説明しましょう」

「ええ。頼《たの》みます。銀砂糖子爵」

妖精の言動に戸惑《とまど》っていた様子の王妃は、ヒューの言葉に安堵《あんど》したらしく頷いた。

「ではあなたには退場していただきましょうか？　上へどうぞ、我が師」

ヒューはルルに向かって、丁寧《ていねい》に促《うなが》した。

「不肖《ふしょう》の弟子が、師を追い返すのか」

「気遣《きづか》いです。お一人で上へとは、申しません。あなたが呼んだ彼も一緒《いっしょ》に、あがればいいのじゃないですか？　会いたいと言ったからには、話なりともしたいのでしょう」

「なるほど。不肖の弟子は、気がきく」

にやりと笑ったルルに、ヒューは慇懃《いんぎん》に一礼した。

その様子に、アンを含《ふく》めた誰もが目を見張った。銀砂糖子爵が、妖精《ようせい》に礼を尽《つ》くしている。仮にも子爵が、ハイランド王国では使役《しえき》される立場であるはずの妖精に頭をさげている。

銀砂糖子爵に頭をさげさせるこの妖精は、何者なのか。

「ではわたしに続いて来い。黒曜石」

当然のようにルルは命じると、身を翻《ひるがえ》して階段に足をかけた。シャルはすぐに一歩を踏み出した。アンはとっさに、シャルの服の袖《そで》を摑《つか》んだ。

「シャル、待って！　一人で行くなんて、もしなにかあったら」

「心配ない。あいつに俺をどうこうできるとは思えん」

それはそうかもしれないが、シャルが一人で行ってしまうということが不安だった。ふいに、置いてけぼりにされる感じがしたのだ。

「小娘《こむすめ》、心配するな。黒曜石に不埒《ふらち》な真似《まね》はせんよ」

ルルはアンに笑いかけると、すたすたと階段をのぼっていった。シャルもそれを追って、歩き出した。袖を摑んでいたアンの手が離《はな》れる。

心細かった。今まで感じたことのない寂《さび》しさだった。シャルは同じ塔の、上の階へ行くだけだ。危険もないだろう。普《ふ》通《つう》ならなんとも思わないはずだ。

自分でも自分の気持ちが、よくわからなかった。王城に来て緊張《きんちょう》しているから、心細いだけだろうか。しかしそれとも違《ちが》う気がする。

ルルとシャルが塔の上階へ姿を消すと、ヒューは職人たちに向き直った。そして落ち着いた様子で、ゆっくりと彼らの前に進み出る。

「まずはルル・リーフ・リーンが何者かを説明する必要があるな。職人として、心して聞け」

はっとした。シャルのことを気にして散漫《さんまん》になっていた気持ちを、ぐっと引き寄せられた。

──職人として。わたしはここに職人として呼ばれた。仕事なんだこれは。

「おまえたちは選ばれた継承者《けいしょう》だ」

継承者。その響きの重さに、職人たちの表情が変わる。

繭《まゆ》の塔は四層の構造になっているらしい。

二階のスペースは、砂糖菓子職人《がし》の工房《こうぼう》とよく似ていた。石を貼《は》った作業台があり、銀砂糖や冷水の樽《たる》があり、へらやナイフなど、様々な形の道具類が並んでいる。小さな竈《かまど》があり、石《いし》臼《うす》がある。銀砂糖が甘く香《かお》る空気。

ルルはその二階のスペースを抜《ぬ》け、三階へのぼる。三階は二階よりも狭《せま》くなっていたが、居住空間らしい。ベッドや衣装箱や水差しなど、生活のための細々したものが並んでいた。

そこからさらに螺旋階段をのぼると、最上階だった。円く狭い部屋で、五、六人も人が入ればいっぱいになる。調度類はなく、空っぽだ。明るい部屋だ。見あげれば、塔の円錐《えんすい》の頂点部分に白く濁《にご》ったガラスがはめこまれている。頭上から光が円く降ってくる。

「ここの窓だけは、開くのだ」

言いながらルルは、不規則に並ぶ小窓の一つに手をかけて、押し開いた。

冬の終わりの冷たく湿《しめ》った風が、塔の内部に吹《ふ》きこんだ。窓のそばに立ち、ルルは髪《かみ》を風になぶられるままにして、気持ちよさそうに目を細めた。彼女の背の片羽が、伸《の》びをするかのように気持ちよさそうに伸びて、ぶるぶるっと震《ふる》える。

「もったいぶらず、そろそろ自分が何者か説明したらどうだ」

部屋の中心に落ちる光の円から外れた場所に立ち、シャルは訊《き》いた。するとルルは面白《おもしろ》そうな、笑いをこらえるような表情でシャルの方へ近づいてきた。

「銀砂糖子爵から聞いたぞ。君の名はシャル・フェン・シャルだったな黒曜石。あとの二人には会えたか？　所在を知っているか？　そもそも後の二人は、生まれたのか？」

「あとの二人？」

「オパールとダイヤモンドだ。君の兄弟石だ」

突然《とつぜん》目の前に鋭《するど》い刃《やいば》を突《つ》きつけられた気がして、ひやりとした。シャルはすっと一歩足を引いてルルから離れた。

「なぜそれを知っている」

「五百年前から知っているよ。リゼルバ様が常に身につけていた剣《つるぎ》の石だ。わたしはリゼルバ様の傍《かたわ》らにいて、ずっと目にしていたのだからな。君の名も、銀砂糖子爵《ししやく》の口から聞いたときにぴんと来た。あの三つの石の、いずれかの響きだとな」

「リゼルバ？　最後の妖精王、リゼルバ・シリル・サッシュか？」

「ああ、そうだ」

こともなげに、ルルは頷《うなず》く。

「わたしは大樹から生まれた。わたしを見つめてわたしをこの世に導き出したのは、リゼルバ様だ。それからわたしは、リゼルバ様に百年以上仕えていた。まあリゼルバ様に仕えていたのは、かれこれ五百年も前の話だがな」

——まさか。こいつは六百年以上生きているのか。

百年、二百年の時間を生きた妖精なら、出会ったことがある。現にシャル自身も百年の時を生きている。しかしそれ以上となると、出会うことはまれだった。

木から生まれた妖精は植物の妖精で、寿命《じゅみょう》は数十年、数百年単位だ。純粋《じゅんすい》に能力だけを考えれば、千年生きる可能性もある。貴石の妖精ほどではないにしても、長い寿命があるのだ。

しかし貴石から生まれた妖精でも木から生まれた妖精でも、様々な出来事により命を落とす。病にも事故にも害意にも出会わず何百年も生きるのは、寿命以前に困難なのだ。

「わたしも世間に放り出されていたならば、せいぜい百年程度で命を失ったかもしれんな。特別に幸運でない限り、自然に生きていればそんなものだろう。だがわたしは人間王セドリックの手に落ち、閉じこめられていた。幸か不幸か、捕《と》らえられていることが、命の安定につながった。彼らはわたしを大切に閉じこめてくれたからな。もう六百年以上生きている。だがそれなりに体は弱るらしくてな、つい四ヶ月前にも、寝込《ね》んでしまった。それで王家は、大慌《おおあわ》てだ。わたしの寿命にも、限りがあることに気がついたらしいぞ。まあそのおかげで君を呼べたのだが」

ルルは手をのばし、シャルの頬《ほお》に触《ふ》れた。

「色彩《しきさい》は違うが、やはりリゼルバ様が選んだ石だ。黒曜石。君はリゼルバ様によく似ている」

シャルはされるがままにした。彼女の触れ方に、不快感はなかった。懐《なつ》かしいものを確かめているようだった。

「一ヶ月ほど前か？　君は騒動《そうどう》を起こしただろう？　荒野《こうや》の城へ人間の兵士が出向いていった。あの事件はマルグリットと銀砂糖子爵から聞いた。妖精がらみの事件だというので、いろいろと話を聞いていたんだが、その中で君の名を聞いた。シャル・フェン・シャル、とな。驚《おどろ》いたよ。あの三つの石のどれかから生まれた名だとわかったから。会いたくてたまらなくなった」

ルルに触れられるのは、不思議な感覚がした。

最後の妖精王リゼルバの記憶《きおく》を持つ六百年生きた妖精の指は、たくさんの記憶を静かに蓄積《ちくせき》して生き続ける巨大《きょだい》な樹木のように静かな気配と、落ち着きを伝えてくる。

「どうにか会えないかと考えていたのだが、チャンスが来た。王家はわたしの技術を残すために、伝承者として砂糖菓子職人たちを呼ぶことを決めた。その候補の中に、君と一緒にいるという砂糖菓子職人の娘《むすめ》の名もあった。小躍《こおど》りしたよ、内心な。だから彼女を呼ぶように、わたしは銀砂糖子爵に命じたのだ。そして必ず、君も連れてくるようにとな。不思議がられたが、誤魔化《ごまか》したよ。美しいともっぱら噂《うわさ》に聞いていた君に、この機会に会ってみたいのだとな」

「こうやって俺に会って、どうするつもりだ」

「どうもせんよ。ただ会ってみたかったのだよ。リゼルバ様が妖精の未来を託《たく》した者にな。君は他《ほか》の二人に会ったか？」

「一人には会った。オパールだ」

「名は？　そやつはどうした」

「名は、ラファル・フェン・ラファル。死んだ」

ルルは眉《まゆ》をひそめた。

「ダイヤモンドは？」

「まだ生まれていないらしい。時は満ちているのに、生まれないとラファルが言っていた。石そのものの行方《ゆくえ》もわからない」

「そうか。ならばおまえ一人か、黒曜石」

ルルはシャルの頬から手を引くと、窓辺に寄ってもたれかかり脚を組んだ。小さな窓から外を眺《なが》め、物憂《ものう》げに呟《つぶや》く。

「しかし、一人にでも会えたのはよかったのかもしれん。リゼルバ様を思い出す。懐かしいよ」

「リゼルバは三つの石に何を望んだ？　そこから生まれるものに、妖精《ようせい》の世界を取り戻《もど》す戦いを望んだか？」

ラファルとの会話が蘇《よみがえ》る。ラファルはリゼルバの意志を継《つ》ぐべきだといい、妖精の世界を取り戻す戦いをするべきだと言っていた。しかしシャルはそれに賛同できなかった。

リゼルバは、もっとなにか別のものを望んだ気がしてならなかった。

もしルルがリゼルバに仕えていた妖精だというのなら、彼女はリゼルバからなにかを聞かされているかもしれなかった。

王城に呼ばれたときから、運命が動き出したことを実感した。運命の鍵《かぎ》を握《にぎ》っていたアンと出会い、自分の運命が動き出したとしたら、これからの自分の運命を見極《みきわ》める材料が欲しかった。リゼルバの望んだことが、シャルの運命に関《かか》わるかもしれない。

しかしルルは、あっさり首を振《ふ》った。

「リゼルバ様が三つの石になにを託したのか、わたしにはわからん。だから君に会っても、なにをどうして欲しいとも、なにをどうしろとも言えんのだよ、生憎《あいにく》な。わたしはただの、銀砂糖妖精だ。砂糖菓子《がし》を作ることで、妖精王に仕える妖精だ。しかも銀砂糖妖精の筆頭でもない」

「銀砂糖妖精？」

はじめて聞く言葉だった。

「砂糖菓子を作る妖精のことを銀砂糖妖精というんだよ。五百年前は、何十人もいた。わたしと一緒《いっしょ》にここに捕らえられた銀砂糖妖精も、二十人ばかりいた。水の妖精や植物の妖精、色々いた。だが皆《みな》、寿命で消えていった。百年前に最後の仲間が消えて、とうとうわたし一人が残ってしまった。わたしが最後の一人だ」

銀砂糖を精製する方法を発見したのは妖精で、砂糖菓子を作り始めたのは妖精だ。

彼らは砂糖菓子の美しい『形』のエネルギーを我が物として、寿命を延ばしていた。彼らの砂糖菓子に対する感覚は人間とは比べものにならないほど鋭く、そんな彼らが培《つちか》っていた砂糖菓子作りの技術は、人間たちが今持っている技術を遥かに上回っていた。

そんな砂糖菓子を作り、妖精王に仕えた妖精たちは、銀砂糖妖精と呼ばれた。

五百年前。

祖王セドリックと妖精王が戦った。その戦いに妖精王は敗れ、妖精たちは人間に追われ、捕らえられ使役《しえき》されることになった。使役されるだけならまだよかったが、妖精王の周囲に仕えていた妖精たちは、憎悪《ぞうお》の対象となり次々に殺された。

銀砂糖妖精たちも例外ではなかった。

だが祖王セドリックは、銀砂糖妖精たちのもつ砂糖菓子作りの技術を惜《お》しんだ。そこで憎悪にたぎり、闇雲《やみくも》に妖精たちを殺そうとする人々から、銀砂糖妖精を守ることを決めた。

祖王セドリックは妖精王に仕えていた銀砂糖妖精二十人を保護し、当時は小さく目立たない城であったルイストン城に匿《かくま》った。

「ルル・リーフ・リーンは、その銀砂糖妖精の最後の一人だ」

王妃《おうひ》はヒューに説明の役目を託すと、繭《まゆ》の塔《とう》から出て行った。

ヒューは石段に腰《こし》掛《か》けてくつろぎ、職人たちにも楽にしろと命じた。職人たちは王妃が去り緊張感《きんちょうかん》から解放され、自然とヒューの周囲に集まり彼の言葉に耳を傾《かたむ》けていた。

「それって、伝説でしょう？ まさかあの妖精が五百年も生きているなんて、言いませんよね」

ステラ・ノックスが怜悧《れいり》な灰色の瞳《ひとみ》で、しらけたように言う。

「そのまさかだ。彼女は百年間、妖精王に仕えたと自分で言っている。その後妖精王が死んでから、五百年はこの場所にいる。六百年近く生きている計算になる」

「寝言《ねごと》だね」

ステラはぼそりと呟き、鼻で笑った。銀砂糖子爵《ししやく》に対してまるで物怖《ものお》じしない。皮肉屋で自信家。そんな印象の青年だった。

キレーンが、じろりとステラを睨《にら》む。

「君は、子爵に対して無礼だぞ」

「なんで？ たわごとなのは、事実じゃないのかい？」

キレーンとステラが一瞬《いっしゅん》睨み合うが、ヒュー自身はステラの生意気な態度は、気にとめていないようだった。

「歴代の国王が、銀砂糖妖精の存在を受け継いでいる。銀砂糖妖精の監視《かんし》や世話については、国王自身がするような仕事ではない。だが王家のごく限られた者にしか、銀砂糖妖精のことは知らされていない。そのために銀砂糖妖精に関するあれこれは、王家に嫁《とつ》いだ王妃が代々引き受ける。王家が五百年引き継いできたものを、おまえたちは疑うのか？」

「子爵の言葉は疑っていません！」

ほぼ反射的に返事したのは、キレーンだった。その声に皆の視線が集まると、キレーンはほっとしたような顔になった。そしてわざとらしく咳払《せきばら》いして、いいわけがましく言う。

「いや、なんだ……。妖精の寿命《じゅみょう》を考えれば、可能性がないとは言えないと思うのだ。まあ、五百年だの六百年だの、途方《とほう》もない年月だが」

ヒューは頷《うなず》いた。

「途方もないさ。実際五百年の間に、二十人いた銀砂糖妖精は次々に寿命を迎《むか》えて消えていった。残ったのは特別に長い寿命を持っていた大樹から生まれた妖精ルル一人だ。しかも彼女の寿命も、永遠ではない。四ヶ月前、彼女が寝《ね》込んでしまったことで、王家もそれを実感した」

アンはシャルとともに上階へ消えたルルの姿を追うように、天井《てんじょう》の方へ視線を向けた。

あの美しい妖精は、聖ルイストンベル教会の天井画《が》に描《えが》かれた妖精王に仕えた、銀砂糖妖精だという。天井画から幻《まぼろし》が舞《ま》い降りて具現化したような不思議さだった。

ステラのようにヒューの言葉を疑おうとは思わなかったが、現実味はない。

「この世で最初に銀砂糖を精製し、砂糖菓子を作ったのは妖精だ。彼らは砂糖菓子によって寿命が延びるし、銀砂糖は彼らが唯一《ゆいいつ》味を感じる食べ物だ。銀砂糖や砂糖菓子に対する感覚は、人間の何倍も鋭《するど》い。人間は五百年前から砂糖菓子作りに手を出した。妖精たちのやっていたことの、見よう見まねではじめたんだ。銀砂糖や砂糖菓子に関して特別な感覚のない人間が、しかも手探《てさぐ》りでやってきた砂糖菓子作りの技術は、五百年経《た》っても、妖精が持っていた技術の核《かく》心《しん》部分には至っていない」

ヒューはゆっくりと一呼吸置き、質問した。

「銀砂糖子爵がなんの目的でいつ頃《ごろ》作られた身分なのか。知っている奴《やつ》はいるか?」

するとすぐさま、はきはきとした声が答えた。

「身分が作られたのは百年前。ミルズランド家がハイランドの王家として立ったのと同時期。目的は王国の支配者たるミルズランド王家が国で一番の砂糖菓子職人を抱《かか》えることで、王国で最上の幸福を手に入れるため。ちなみにその十数年後に、銀砂糖師の称号《しょうごう》も作られ、砂糖菓子品評会が催《もよお》されるようになったはずです」

答えたのはキースだった。

「さすがに国教会独立学校の卒業生だな。そうか。キレーンは教父学校の卒業生で、ノックスとキースは独立学校の卒業生か。インテリが多いな」

教父学校は国教会が教父を育成するために設立した学校で、庶民《しょみん》も貴族も分け隔《へだ》てなく入学できる。しかし高度な教育を受けられるそこに入るには、難しい試験を突破《とっぱ》しなければならないのだ。対して国教会独立学校は、国教会の有する知識を、教父たちが一般《いっぱん》に教えるために作られた学校だ。学費が高額なために、貴族や大商人の子弟《してい》ばかりが入学するが、こちらも入学には高い学力が必要で狭《せま》き門だという。

休日学校すらさぼっていたアンには、縁《えん》のない世界だ。キースの知識には感心した。インテリと呼ばれた三人は知っていたことだろうし、エリオットも知っていて当然という顔をしている。アンだけが、そういった知識が不足しているらしい。

ヒューはそのことも見越《みこ》して質問をし、アンに答えを聞かせてくれたのかもしれなかった。

「今キースが言ったとおりだ。表向きの理由は、そうだ」

「表向き？　他《ほか》に理由があるんですか子爵」

エリオットがいぶかしげに眉根《まゆね》を寄せた。

「あるんだよ。その理由というのが彼女、ルル・リーフ・リーンの存在だ。セドリックは二十人の銀砂糖妖精《ようせい》をルイストン城に匿って、砂糖菓子を作らせていた。セドリックの三人の息子《むすこ》も父王の遺志を継《つ》ぎ、妖精たちを保護し続けた。そしてミルズランド王家が王位に就《つ》いたのをきっかけに、銀砂糖妖精の保護はミルズランド王家の権利となった。人間が作る砂糖菓子とは、比べものにならない美しい砂糖菓子を妖精たちは作る。その砂糖菓子が招く幸運は、ミルズランド王家が独占《どくせん》したんだ」

保護の言葉に、違和感《いわかん》を感じた。

アンは、チェンバー家やアルバーン家を徹底《てってい》的に排除《はいじょ》した支配者としてのミルズランド王家の残酷《ざんこく》さを知っていた。同胞《どうほう》に対してさえ、支配者は残酷だ。その支配者が、純粋《じゅんすい》に妖精の技術を惜しみ彼らを守るために動いたとは思えなかった。

ミルズランド王家は、妖精の作る美しい砂糖菓子を我が物とし、その砂糖菓子が招く幸福を独占するために妖精たちを匿ったのではないだろうか。保護というと聞こえはいいが、妖精たちは捕《と》らえられ閉じこめられたのかもしれない。

――そうじゃなければ、あのルルという人の羽が片羽のわけはない……。

ヒューは、さらに続ける。

「だが銀砂糖妖精たちは次々に寿命を迎え、数が減っていく一方だった。そして百年前には、ついに銀砂糖妖精はルル一人になった。そこでミルズランド王家は、彼女の持つ技術や知識が失われないための保険として、国で最も優《すぐ》れた砂糖菓子《がし》職人を召《め》し抱え、その者にルルの技術を伝える事に決めた。妖精の砂糖菓子の技術は、ミルズランド王家の特権だ。それが他者に利用されないように、召し抱える職人を束縛《そくばく》することにしたんだ、子爵という身分を与《あた》えてな。それが銀砂糖子爵の身分を作ったきっかけだ。それ以降、銀砂糖子爵となった者はルルの存在を他言しないことを誓《ちか》い、彼女から学んだ技術を他者に見せないことを誓って、彼女から教えを受ける。俺も彼女を師として学んだ。キースの父親、エドワード・パウエル前銀砂糖子爵も、おそらくルルと接触《せっしょく》したはずだ」

キースは眉根を寄せ、首を振《ふ》った。

「聞いたことがありません、そんなこと……」

「当然だ。前銀砂糖子爵も、誓いを立てたはずだからな。そこまでして隠《かく》してきた妖精の技術だが、四ヶ月前ルルが寝込んだことで、王家はようやく不安になってくれたらしい。彼女が死ねば、彼女のもつ知識や技術は失われる。無論俺は彼女から学んだが、俺一人だけが知識の継承《けいしょう》者では、俺の身に何かがあれば技術や知識が永久に失われる。心許《こころもと》ない。技術や知識を受け継《つ》ぐ人間を増やす必要がある。そこで王家は、もう一歩踏《ふ》みこもうと考えたんだ。銀砂糖子爵の候補を数人集め、その職人たちを継承者として技術を授《さず》けようとな」

——六百年生きた銀砂糖妖精。その知識と技術。

昔。アンが幼い頃《ころ》に、母親のエマはアンを寝かしつけるために、様々な昔話を語ってくれた。特別印象に残っているのは、妖精の話だった。

この世ではじめて砂糖菓子を作ったのは、妖精なの。

重大な秘密を打ち明けるように、エマはいつもそうやってアンの耳に囁《ささや》いていた。エマも知らなかったおとぎ話の秘密の正体が、明かされているような気がした。

——妖精の砂糖菓子は、どんなものなの？　どうやって作るの？

新しいもの、未知のものへの欲求《よっきゅう》がうずく。

ヒューは彼が集めた五人の職人を見回した。

「継承者を作る仕事は、王妃《おうひ》様に任された。そして俺が王妃様の命令を受け、技術習得の見こみのある職人を選んだ。おまえたちが選ばれた継承者だ。聞いたからには、継承者となる義務がある。ルルの弟子《でし》となれ」

「妖精の弟子に？」

ステラが不思議なことでも聞かされたように、きょとんとした。

「なんで妖精の弟子に？　師とするならあなただろう」

「俺は彼女ほど熟練していない。教えるには無理がある」

「だからといって、妖精を師匠《ししょう》に？　普通《ふつう》あり得ないでしょ。釈然《しゃくぜん》としないですけど」

「忘れていないか？　ステラ・ノックス」

言いつのるステラの言葉を、ヒューは凄《すご》みのある笑顔《えがお》で遮《さえぎ》った。

「王妃様は覚悟《かくご》がないなら去れと言ったはずだ。おまえたちは去らなかった。もうおまえたちは、この仕事に踏みこんだんだ。苦情は受け付けない。妖精の弟子になれ。それがおまえたちの仕事だ」

三章　五人の継承者と最後の闖《ちん》入《にゅう》者《しゃ》

「寒いね」

　ステラ・ノックスは肘《ひじ》掛け椅《い》子《す》に前《まえ》屈《かが》みで座り、ぼそりと言うと軽く咳《せき》をした。顔色が悪い。部屋はそれほど寒くないはずだが、悪《お》寒《かん》でもしているのか。厚い上衣《うわぎ》の上から毛布をかぶり、さらに両腕《りょううで》をずっとさすっている。

　エリオットは暖炉《だんろ》の前に敷《し》かれた絨毯《じゅうたん》の上にあぐらをかいてくつろいでいたが、炎《ほのお》に照らされて一層赤く見える前髪《まえがみ》をかきあげながらふり返る。

「こっち来る？　暖かいよ、ステラちゃん」

　途《と》端《たん》に、ステラの目がつりあがる。

「あんた、変な呼び方するなっ……！」

　怒《ど》鳴《な》りつけようとして、激しく咳《せ》き込んだ。エリオットは目を丸くするが、慌《あわ》てたのはキースで、急いでステラに駆《か》け寄ると背中を撫《な》でる。

「ステラ。あんまり大声出したらいけません」

「……じゃあ、……あの赤毛頭を……黙《だま》らせろっ……！」

呟き込みながら指さされると、エリオットは面白《おもしろ》いおもちゃを見つけた子供みたいな顔になる。


「ごめんねぇ。ステラなんて女の子の名前だから、ついつい可愛《かわい》くって」

キースがとりなすように、エリオットに言う。

「コリンズさん。ステラの生家は父親が一代で大きくした貿易商です。成功者の嫡子《ちゃくし》には妬《ねた》みの呪《のろ》いがかかりがちで、それを避《さ》けるための女性名なんです。理由があるんです」

「大変だ、お金持ちは。俺は貧乏《びんぼう》人の小倅《こせがれ》でよかったよ」

咳がおさまったステラはようやく顔をあげて、氷のような目でエリオットを睨《にら》む。

「じゃ。これから、小倅って呼んでやるよ」

「小倅は嫌《いや》だねぇ。旦那《だんな》って呼んでよ。こっち来る？」

「あんた、ふざけてるよな。でも寒い。そこどいてくれよ」

「並んで座ればいいんじゃないの？」

「あんたみたいなのと並んで座ったら、垂れ目がうつる」

そのやりとりに、キースは肩《かた》を落として深いため息をついた。

「二人ともやめてください。みっともないですから」

職人たちは繭《まゆ》の塔《とう》を目の前に見られる、第一の天守に部屋を与えられた。明日から彼らはルルの教えを請《こ》うことになっていたが、その期間、王城にとどまるように命じられたのだ。

並びで五部屋を、それぞれが使うことになった。部屋が並ぶ廊下《ろうか》の突き当たりには大きめの部屋があり、居間兼《けん》食堂として利用することが許された。六脚《きゃく》の椅子があるテーブルセットが一つと、暖炉。暖炉の前にはくつろぐための長椅子《ながいす》や肘掛け椅子が置かれている。

床《ゆか》や壁《かべ》は石がむき出しで、漆喰《しっくい》で化粧《けしょう》されていない。古い城だから当然で、寒々しい感じがする。それを極力和《やわ》らげるための工夫《くふう》か、壁にはタペストリーが掛《か》けられ、床には絨毯が敷かれていた。調度類も新しい。

普段誰《ふだんだれ》も立ち入らない天守に、急ごしらえで職人たちの居場所を作ったのがよくわかる。

夕食を終えた職人たちは、居間兼食堂の暖炉の前になんとなく集まっていた。それぞれ長椅子や肘掛け椅子に座ったり、暖炉の前に座ったりしてくつろいでいた。

アンは暖炉近くの椅子に座ってぼんやりと、躍《おど》る炎を見ていた。シャルのことが気になって仕方がない。シャルはルルとともに繭の塔の上階に姿を消して、それきりだった。

なにやかやと言い争っていたステラとエリオットだが、エリオットは暖炉の前から退《ど》く気配はなく、ステラは寒さに耐《た》えかねたようで、結局、二人とも暖炉の前に座った。

「ステラ。もっと火を大きくしましょうか？」

キースがステラを気遣《きづか》う。彼らは学校の先輩《せんぱい》と後輩《こうはい》らしいので、そうやってステラに気を遣《つか》うのは昔の癖《くせ》なのかもしれない。

「頼《たの》むよ。こんな場所で、銀砂糖子爵《ししやく》は俺たちに何を学べって？　しかも妖精《ようせい》から」

「妖精の弟子のどこが悪いのよ。教えてもらえるのが美人でラッキーじゃない」

エリオットがのほほんと言うと、ステラは理解できないというように怪訝《けげん》な顔をする。

「悪いとか悪くないとかじゃなくて、妖精は使役《しえき》するものだろ？　あんただって、自分が使役しているあの妖精に頭をさげたりしないだろうアン・ハルフォード」

突然《とつぜん》ステラから話を振られて、アンは我に返った。

「え、なに？」

「あんた今日、自分の使役している愛玩妖精《あいがんようせい》を連れてきていたじゃないか。あんたは彼に頭をさげたりするか？」

色々とステラは勘違《かんちが》いしているらしい。妖精と一緒《いっしょ》にいたらその妖精を使役していると思われて当然だし、シャルの容姿ならば愛玩妖精だと思われても不思議はない。

「彼。シャルは、わたしが使役しているんじゃない。友だちよ。彼は自分の羽を自分で持っているから、自由の身だし。それにお願いがあれば、わたしはシャルにお願いって頭をさげる。お願いをするんだから、頭をさげるのはあたりまえじゃない？」

「それがよくわかんないな、俺にはね」

ステラは困惑《こんわく》気味だ。

嫌だとか悪いとかではなく、ステラにはほんとうに理解できないらしい。彼の生家は大きな貿易商人だと言っていた。幼い頃から周囲では妖精がたくさん使役されていただろう。彼らを使役するのは当然で、疑問に感じる余地もないほどあたりまえのことだったのかもしれない。

「しかしすべては子爵の指示だ。従うべきだ」

長椅子に腰《こし》掛《か》けていて片眼鏡をハンカチで拭《ふ》きながら、キレーンが言う。

ステラは嫌な顔《かお》をした。

「あんた、子爵がやれって言ったことに疑問を感じないの?」

「疑うべきではない。しかも今回のことに、なんの疑問がある」

「妖精のことは、おいておいてもいいよ。俺は子爵のやり方に疑問は感じるね。俺たちを招集して、引き返せないところまで来て種明かしだろ。そのやり方に疑問を感じないのかな」

軽く呟き込みながらステラが突《つ》っこむと、キレーンはきりっと片眼鏡をかけ直した。きらりと片眼鏡を光らせ、言い切った。

「まったく思わんな!」

「あ、そう。あんたが子爵を好きなのはよくわかった。いいや、もう。寒くてたまんない。俺、部屋に帰る」

しらけたようにぼそぼそ言うと、ステラは毛布をひっかぶったまま、のそのそと出て行った。

「失敬な奴《やつ》だ」

キレーンはむっとしたようにステラを見送ったが、キースはちょっと眉《まゆ》をひそめる。

「確かにステラの言い方は失礼です。でも僕も、銀砂糖子爵はやり方を考えるべきだったとは思います。僕自身は不満がないですけど、ステラのような人もいるわけですから。順序立てて、これはこうなる、この可能性があると事前に説明してくれればよかったと思います」

するとエリオットが苦笑いした。

「正論だけど。お坊《ぼっ》ちゃんだねぇ、キースも」

お坊ちゃんと呼ばれたことが嫌だったのか、キースはむっとした顔をした。

「なんですか、それは」

「支配者は理不尽《りふじん》で横暴なもんだよ。そして銀砂糖子爵は、砂糖菓子《がし》職人の庇護《ひご》者とはいえ、支配者の家臣だ。彼のやり方が強引《ごういん》なことに文句を言おうなんて、甘いんじゃない？」

「でも」

「でもなに？　もっと気を遣えって言う？　俺たちの首なんざ、気分一つで適当な理由をつけて刎《は》ねることができる連中に向かって。だからお坊ちゃんなんだよねぇ。ステラもキースも」

反論の言葉が見つからないらしく、キースはちょっと悔《くや》しそうに唇《くちびる》を噛《か》んだ。するとキレーンが、腕《うで》組みして低い声で言う。

「コリンズ。その言い方は、子爵に対しても失礼だぞ。あれらの仕事は子爵の義務なのだから、強引とは違《ちが》うぞ」

「ステラちゃんにも突っこまれてたけど、キレーンってほんとに、子爵大好きだよね」

「好き嫌《きら》いの問題ではないのだ！　子爵は我々の長《おさ》だから、尊敬するのは当然で」

「恥《は》ずかしがらなくてもいいんじゃない？　十年前までアクランドって名乗ってたマーキュリー工房《こうぼう》の職人頭の砂糖菓子に惚《ほ》れ込んで、教父学校を中退して砂糖菓子職人になったお馬鹿《ばか》さんがいたのなんて、周知の事実なんだし」

「えっ!?　そうなんですか!?　ヒューの砂糖菓子に惚れ込んで、教父学校中退!?」

仰天《ぎょうてん》してアンが声をあげると、キレーンは眉をつり上げた。

「周知の事実ではないだろう!?　君が言わなければアンは知らなかったではないか！　しかも教父学校時代、最年少主祭教父になるのではないかといわれていた主席の僕を、馬鹿呼ばわりしないでもらいたい」

「最年少主祭教父への道を捨てて砂糖菓子職人になる奴は、馬鹿じゃない？」

「君ほんとうに頭に来るな。まったく！　僕も、もう寝《ね》るぞ」

キレーンは会話の終了《しゅうりょう》を宣言すると、ぷりぷりしながら部屋を出て行った。

エリオットはキレーンの後ろ姿を、笑いをこらえて見送った。

「ほんと可愛いなぁ、キレーンは。恥ずかしがり屋だよねぇ。さてと、俺も寝ようかなぁ。明日に備えて。アンも早く寝なよ。キースもね」

エリオットはよっと勢いをつけて立ちあがると、アンに向かって軽くウインクした。キースはエリオットから視線をそらしたままだったので、エリオットは軽く肩をすくめて出て行った。

みんな少なからず、ぴりぴりしている。そんな気がした。普段《ふだん》のエリオットなら、キースに対してあれほど厳しいことを言わなかったのではないだろうか。

「大丈夫《だいじょうぶ》？　キース」

「うん。平気だよ。さあ、僕たちも寝ようか。部屋まで送っていくよ、アン」

キースは息をついて顔をあげて、いつもの柔《やわ》らかい微笑《びしょう》を見せた。思わず、アンは笑った。

「キースって王子様みたい。部屋まで送るなんてお姫様扱《ひめさまあつか》いよね」

「そう？　当然のことかと思ってたけど」

キースは照れたように言うと、先に立って、アンの手を引いて立ちあがらせてくれた。そんな仕草も、やはり貴公子然としている。

居間兼《けん》食堂を出ると、廊下《ろうか》は暗くてひやりとした。廊下には小さな窓が規則的に並んでいた。

その廊下の窓の一部から、ぼんやりとした明かりが廊下に射《さ》しこんでいる。

窓の外には繭《まゆ》の塔《とう》が見える。繭の塔の窓からは明かりが漏《も》れ、その明かりが天守の廊下に落ちているのだ。不規則に並ぶ窓がすべて明るく光を放っているので、茨《いばら》は艶々《つやつや》と輝《かがや》き、塔そのものが闇《やみ》に浮《う》かんで見える。

繭の塔は、動かないのに静かに呼吸して生きている植物のようだった。

立ち止まり繭の塔を見る。キースもアンの隣《となり》に立った。

「銀砂糖妖精の砂糖菓子。どんなものなのかな」

思わずアンが口にした途端《とたん》、キースが驚《おどろ》いたようにアンを見る。

「僕はいろいろな事を考えがちだけど。アンはいつも、砂糖菓子のことばかり考えてるんだね」

「それ……。ちょっと、馬鹿にされているような気も……」

「違う。羨《うらや》ましいんだ。僕は意識して努力して、砂糖菓子に真摯《しんし》であろうとする。でも君は僕が努力してやっと手に入れる姿勢を、呼吸するみたいに自然に持っていて。そのうえ僕なんかよりもさらにずっと真摯なんだ……」

声は押し殺しているが、まるで自分を責めるような口ぶりで目を伏《ふ》せる。

「キース？」

肩《かた》に触《ふ》れると、キースはきゅっと唇を噛んで顔をあげる。

「ごめんね。今のは……なんでもない。愚痴《ぐち》みたいなものだよ。さあ、部屋に送っていくよ」

頷《うなず》きかけたが、どうにも窓の外が気になって仕方がない。シャルが帰ってこなければ、部屋に帰っても落ち着いて眠《ねむ》れない気がした。

「キース。わたしやっぱりシャルのこと気になるから、繭の塔の様子を見てくる」

「そう？　あまり夜更《よふ》かししないでね」

キースはいつものように柔らかく微笑むと、背を向けた。

キースは、なにもかもまっすぐだ。あまりにまっすぐすぎるから、物事に突き当たって悩《なや》みも多いのではないかという気がした。

寒さに身震《みぶる》いして、肩を抱《だ》く。繭の塔まで行ってみようと歩き出しかけた時だった。

足音が聞こえた。階下からこちらへ向かって階段をのぼってくる足音がシャルかもしれないと期待して、薄暗《うすぐら》い廊下の向こうに目をこらす。と、薄闇《うすやみ》の中からぼんやりと姿を現したのは、水色の上衣《うわぎ》を身につけた見知らぬ男だった。年の頃《ころ》は二十代後半だろうか。綺麗《きれい》な金髪《きんぱつ》と水色の瞳《ひとみ》の上品な男だ。腕《うで》を背後に組んで、ゆったりとこちらに歩いてくる。アンの姿に気がつくと立ち止まったが、すぐに再び歩き出して近づいてきた。

「そ……」

男はアンの前まで来ると、なにか言おうとして口ごもり、空咳《からぜき》をして言い直した。

「君は、誰《だれ》だ？」

年のわりに落ち着いたしゃべり口調の男だった。彼の身分がわからないためにどうすればいいかためらったが、アンは結局、軽く膝《ひざ》を折って挨拶《あいさつ》だけした。

「砂糖菓子職人です。王妃《おうひ》様に呼ばれて参りました、アン・ハルフォードと申します」

「あのハルフォードか！　ちょと明かりの方を向きなさい。確かに、そうだな」

言われるままに窓の方を向くと、男は嬉《うれ》しそうな声をあげた。

「わたしのこと、ご存じなんですか？」

「砂糖菓子品評会で、君の顔は見た」

男の身につけている上衣には凝《こ》った刺繍《ししゅう》があり、かなり上等だ。砂糖菓子品評会で、この衣装と同等の衣装を身につけていた人物となると、貴人の近くに侍《はべ》る従者だろうか。

　しかし砂糖菓子品評会では、国王と王妃のそばにたくさんの従者たちがいた。いちいち顔など覚えていなかった。そもそも国王の顔すらも、緊張《きんちょう》のためにまともに見られなかった。

唯一《ゆいいつ》顔を覚えていたのは王妃だが、それはあの王族の天幕のなかで一人だけ華《はな》やかなドレスをまとった女性だから特に目立っていただけだ。

「国王陛下か王妃様の従者の方ですか？」

「まあ。それと似たようなものだ」

「従者の方が、誰かに、何か御用《ごよう》ですか？」

「ただの散歩だ。今日ここに職人が五人ほど招き入れられたと聞いて、仕事終わりにちょっと様子を見たくて来たのだ。どうだ、仕事は順調に進みそうか？」

「まだはじまってないから、わかりませんけれど。なんとかやり遂《と》げたいと思ってます」

「頼《たの》もしいな。そうだ、職人たちが困っていることはないか？」

彼はにこりと、少年のような笑顔《えがお》を見せた。

「今は特にないです。初日ですし」

「食事が口に合わぬとか、調度が不足しているとか。なんでもいい。大概《たいがい》の相談には乗れる。困ったときには、言ってくれてかまわない」

「ありがとうございます。必要なときには……あ、でも、どうやってお知らせすれば」

「用事があるときには、王妃に言えばいい。王妃にエディーに相談があると言えば大丈夫だ」

どうやら彼は、王妃の従者らしい。

王城の中心に封《ふう》じ込められているような息苦しさはあるが、ヒューも王妃も、職人たちを大切に扱ってくれているらしい。王妃の従者がただの散歩で、こんなところを歩いているとも思えない。王妃は従者に、職人たちが困っていないか気をつけろと命じてくれたのかもしれない。

「わかりました。ご親切に」

「当然のことだ。ではな。繭の塔の方も、見ておきたいからな」

王妃の従者は鷹揚《おうよう》に手を振《ふ》ると、またすたすたと歩いて廊下の向こうへ見えなくなった。

──わたしも、仕事のためにもう寝なきゃ。でも、シャルはどうしたんだろう？

そう思った時、見おろしていた繭の塔の出入り口から、シャルが姿を現した。やっと姿を見られたうれしさに、下まで迎《むか》えに行こうかと一歩足を踏《ふ》み出しかけた時だった。

シャルの後からルルが出てきた。ルルとシャルは向かい合い、言葉を交《か》わしている。シャルが微笑んだ。その微笑みにどきりとした。

どこか気を許したような笑みを、アンは今まで、彼がアン以外に向けたのを見たことがなかった。ルルは皮肉げに微笑したが、右の掌《てのひら》をそっとシャルの頰《ほお》に当てる。

ぼんやりとした光の中で、妖精《ようせい》が二人そうやって向き合う姿は、息をのむほど美しかった。

だがその美しい光景が、アンの胸をえぐるような痛みを与《あた》えた。

──綺麗。とても、綺麗。すごくお似合いの二人。

アンはドレスの胸の辺りの布地を、両手でぎゅっと握《にぎ》りしめた。

そして理解した。昼間ルルとともに消えていくシャルを見送ったときに寂《さび》しいと感じたのは、彼がルルと、とてもお似合いだったからだ。

――綺麗。

妖精同士で一緒《いっしょ》にいる。シャルの片羽は薄青《うすあお》い銀の粉をまぶしたような輝きをまとい、ルルの片羽は金に近い黄みをおびた色に光る。二人の羽は闇夜《やみよ》に浮かぶ幻《まぼろし》のように幻想《げんそう》的だ。妖精の羽は美しい。彼らがそうやって羽に光をまとうと、さらに魅惑《みわく》的だ。

それは朝日が空を薄紫《うすむらさき》に染めたり、月が夜露《よつゆ》を照らしたりするのとおなじで、無理なく美しくて、自然な光景だった。そこがシャルのいるべき場所としてふさわしいと思えた。

人間は人間と、妖精は妖精と。その姿が一番自然だ。ふいに、泣きたくなった。けれどこんな大切なときに、あたりまえのことに気がついたからと言って泣きたくはなかった。

――わたしには、あんなに綺麗な羽がない。

部屋に向かって駆《か》け出した。


アンはいつも自分の前を歩いている。そんな気がしてならない。先にすいすいと歩いて行ってしまって、背中すらも見えなくなりそうだ。

キースは部屋に帰るとベッドに身を投げ出し、額に手を当て目を閉じる。

焦燥感《しょうそうかん》が、胸の中をじりじりと焦《こ》がすようで苦しい。

些細《ささい》な言動の中にすら感じる、アンと自分との違《ちが》い。その違いが単純に性格の違いだけと思えればいい。だがその違いが、自分がアンに劣《おと》っているための違いのような気がして不安だ。

──僕は、アンと並んでいられるの？　わからなくなりそうだ。

アンの手を握りしめて彼女を引き寄せ、「もっとゆっくり歩いて」と、言いたいような衝動《しょうどう》がある。けれどさっきのように、自分の弱さを吐露《とろ》するような真似《まね》は二度としたくなかった。

不安ならば、努力するべきだ。不安がる暇《ひま》があれば、銀砂糖でも練っていればいい。

──僕は、アンと並んで歩く。

不安と焦《あせ》りを握りつぶして、自らに言い聞かせる。そうやって自分がさらに先へ歩くための原動力に、アンはなってくれているのだ。自分は負けないように、歩くのだ。彼女と。

ルルはシャルから、シャルの生まれた場所の話や、ラファルと出会ったいきさつ、彼が死んだいきさつを訊《き》きたがった。話していると、日がすっかり落ちてしまっていた。それに気がついたルルは、ようやくシャルへの質問をやめて、今日はこれまでにしようと打ち切った。

「君もあの砂糖菓子職人《がしょくにん》の小娘《こむすめ》と一緒に、ここにとどまるのだろうからな。いいさ……、時間はまだあるだろう。おそらく」

繭《まゆ》の塔《とう》の外まで見送りに出てきたルルは、自分を納得《なっとく》させるように言った。そして思い出したように、続けて訊いた。

「明日からわたしの弟子《でし》になるあの小娘。君はなぜあの小娘と一緒にいるのだ？」

「初めは、あいつに買われた。だがあいつは、妖精と友だちになりたいと言って俺に羽を返した。それから成り行きで、一緒にいるだけだ」

「我々と友だちになりたい？　羽を返した？　珍《めずら》しい小娘だ」

きょとんとしているアンの顔を思い出して、シャルはふっと笑ってしまう。

するとルルが皮肉げな微笑《びしょう》を浮《う》かべながら、シャルの頰に軽く触《ふ》れた。

「君は自由の身というわけか。羨《うらや》ましいことだ。わたしの片羽は五百年、人の手に渡《わた》ったままだ。大切にしたまえ。自由を」

それだけ言うと頰に触れていた手を放し、きびすを返して塔の中に入って行った。

――五百年の虜囚《りょしゅう》か。

王妃やヒューの態度、整えられている環境《かんきょう》を見る限り、王家はルルを大切に扱《あつか》っている。

けれどあくまでルルは使役《しえき》される立場で、片羽をとりあげられ五百年同じ場所にいて砂糖菓子を作っている。命が脅《おびや》かされることもなければ、躍《おど》りあがるほどの喜びもない。淡々《たんたん》と日々が過ぎていくだけ。それが五百年続く。それはある意味残酷《ざんこく》だ。同族として胸が痛む。

シャルも歩き出した。

アンの部屋の位置は、ヒューから聞かされていた。まっすぐそこへ向かう。

ヒューはシャルの部屋も別に用意すると言ったが、アンと一緒にいることが習慣になっていたので、別々に寝《ね》ることもないと思い断った。ただ、油断するとアンに触れそうになる自分の行動には、気をつけなければならない。アンの幸福のためにも、不用意に近づくべきではないのだ。ともするとそれを忘れてしまいそうになる。

部屋はすぐに見つかった。扉《とびら》を入ると、中は暗かった。

石の壁《かべ》と床《ゆか》が寒々しい。それでも精一杯《せいいっぱい》の気は遣《つか》われているらしく、毛足の長い絨毯《じゅうたん》が敷《し》かれていたし、ベッドも幅広《はばひろ》の、しっかりとした作りのものが置かれていた。

アンはもう眠《ねむ》ってしまったのかと思ったが、ベッドの上には蓑虫《みのむし》のように膨《ふく》らんだ毛布が載《の》っている。アンだろう。ぴくりともしない。普通《ふつう》に寝ているなら、寝息《ねいき》も聞こえるだろうし、そもそもこんな格好にはならない。息を殺して、じっと丸まっているのだ。

以前もアンは落ちこんだとき、こんな格好をしていたことを思い出す。

――なにかあったのか？

いぶかしみながらベッドに近づき、蓑虫の顔があるだろう近くに腰《こし》を下ろした。するとその振動《しんどう》に反応して、毛布の蓑虫がびくっとする。

「変わった寝方だな。新しい健康法か？」

声をかけたが、反応はなかった。

「寝ているのか？」

それにも反応がない。どうやら、寝ていることにしたいらしい。が、シャルとしては、この蓑虫状態が気になって仕方がない。ベッドにあがると、蓑虫に寄り添《そ》うように横になった。その振動が気になるらしく、蓑虫はもぞもぞと落ち着かない様子でちょっとだけ動いた。

シャルが横になってじっとしていると、しばらくして蓑虫の顔の部分の毛布が、様子を窺《うかが》うようにそっとずらされた。鼻と鼻がくっつきそうな距離《きょり》で、シャルとアンは顔をつきあわせる形になった。

「ひゃっ!!」

妙《みょう》な声をあげて、アンは飛び起きようとした。しかし、しっかり毛布にくるまっていたので、そのままほんとうの蓑虫よろしく、ころりと仰向《あおむ》けにベッドの上に転がってしまった。

シャルはそれを上から覗《のぞ》きこんだ。

「寝たふりか？　なんのつもりで……」

言いかけて、アンの瞳《ひとみ》が潤《うる》んでいるのに気がついた。目の周りも赤い。

「どうした。なにがあった？」

「べ、別に。なにも」

両腕《りょううで》をアンの体の脇《わき》について動きを遮《さえぎ》り、起き上がろうとするのを防いだ。動きを封《ふう》じて彼女の顔を見おろした。

「逃《に》げるな。なにがあった。職人たちといざこざか?」

「違うの。シャル、ちょっと、どいて」

「泣いてるわけを話したら、どいてやる」

「わけって……!　それはシャルが!」

「俺が?」

するとアンは、自分が口にした言葉にはっとしたような顔になり、真っ赤になった。さらにじわりと、瞳の表面に涙《なみだ》が浮かぶ。

「俺がどうした?」

泣かせてはならないと、できるだけ穏《おだ》やかに訊いた。アンは両手でぱっと顔を覆《おお》った。

「顔見せろ。ちゃんと話せ」

顔を覆う手をどけようと、シャルは片手で、アンの手首を緩《ゆる》く握《にぎ》る。けれどアンはかたくなで、手をどけようとしない。

「アン。話せ」

ひくりひくりと、アンの肩《かた》が揺《ゆ》れる。声を出さずに泣いている。泣かれる理由がさっぱりわ

からなかったが、泣き止《や》んで欲しかった。

「泣くな」

抱《だ》きしめたくなった。こらえようとするが、どうしようもないほど衝動が高まる。

「アン……」

——こらえられない。

体が動きかけた時だった。

「ぬ、濡《ぬ》れ場か——!?」

とんでもない大声が背後から聞こえて、さすがのシャルも仰天《ぎょうてん》して跳《は》ね起きて、声の方向を見た。しゃくりあげながらアンも、指の隙間《すきま》から声の方を見て、涙に濡れた目をまん丸にする。

「ミスリル・リッド・ポッド!?」

シャルとアン、同時に声をあげていた。

部屋の出入り口の扉が細く開いている。そこからこちらを覗いているのは、青い瞳に、銀の髪《かみ》の小さな妖精《ようせい》。湖水の水滴《すいてき》の妖精ミスリル・リッド・ポッドに違いなかった。

四章　妖精の弟子《でし》

「いやいやいや!! 悪い悪い！　俺様のことは、二人とも気にするな！　さあ、やれやれ。続きをやれ。もっとやれ。俺様はちょっと散歩に……」

　そそくさと顔を引っ込めようとするので、シャルはベッドを飛び降りて駆《か》け、ミスリルの首根っこを捕《つか》まえた。

「待て！　なんでこんなところにいる!?」

「邪魔《じゃま》して悪かったなシャル・フェン・シャル。怒《おこ》るな。退散してやるから、な？　おまえのスケベ心にはびっくりだけど、これこそ俺様の遠大な計画の成果かと思うと、俺様は嬉《うれ》しいぞ」

「なんの勘違《かんちが》いだ、それは」

「違うのか？」

　ベッドに座りこんでいるアンのところへ、首根っこを捕まえたミスリルを連れて行った。ベッドの上に放り投げると、ミスリルはころころっと回転した後に起き上がり、アンの目の前にちょんと座った。そして手をあげる。

「よう、アン！　半日ぶり！」

「ミスリル・リッド・ポッド……どうして、ここに？」

「いやぁ～。俺様はな、理由もわからず王城に呼ばれたシャル・フェン・シャルが心配で心配で。いざとなったら助けてやらなくちゃと思って、アンの箱形馬車の中に隠《かく》れてついてきたんだ。で、ひとけがなくなって抜《ぬ》け出してきたんだけど、なかなか王城は広くて。やっと今二人を見つけて。でも、王城ってすごいなアン。人はいっぱいいるし、妖精はいっぱいいるし、食いものがたくさんあるし！　つまみ食いしたあのキノコの香《かお》りは最高によかったっ！」

目をきらきらさせて王城の様子を語るミスリルに、シャルは冷たい視線を向けた。

「つまりおまえは、王城を見物したくてついてきたわけか」

「おうっ！　そのとおりっ……じゃなくて！　俺様はおまえが心配で」

「おまえは馬鹿《ばか》か。王城に侵入《しんにゅう》したことが知られれば、首が飛ぶぞ」

「…………え？」

ミスリルはさっと青ざめると、アンの膝《ひざ》にしがみついた。

「アン!?　それ、ほんとうか？」

「普通に考えたら、たぶん……」

「なんだって!?　たたた、大変だ！　二人とも、とりあえず俺様を匿《かくま》ってくれ！」

頭痛がしそうだった。シャルはため息をついて、アンにすがりつくミスリルを見おろした。

とんだ闖入《ちんにゅう》者のせいで、結局アンの涙の理由は聞けずじまいになりそうだった。

「……恥《は》ずかしい」

天守の廊下《ろうか》を歩きながら、アンはどんよりと呟《つぶや》いた。

昨夜はミスリル・リッド・ポッドの乱入で、なんとかその場がうやむやになった。もしあのまま、なぜ泣いているのかをシャルに問い詰《つ》められたら嘘《うそ》はつけない気がした。

ミスリルが不法侵入して来たことにはびっくりしたし、見つからないようにしなければならないとひやひやはするのだが、正直ありがたかった。

そもそも、あんなことで泣いた自分が恥ずかしい。両手で強く頰《ほお》をこする。

「しっかりしなきゃ」

アンはシャルの幸福のために、何かしたいと思ったはずだ。そのためには、こんなことで泣いていたらきりがない。シャルにも余計な心配をかける。

今朝から職人たちは、繭《まゆ》の塔《とう》でルルから教えを受けることになっていた。砂糖菓子《がし》の細工をするための道具を持参しろと命じられていたので、アンは革の道具入れを抱《かか》えていた。

道具入れは、砂糖菓子職人がそれぞれ個人で持っている。細長い革に道具を差すポケットがついているので、ヘラや切り出しのナイフなど、細工に必要な道具をポケットに差して並べて固定し、巻物のようにくるくると巻いて持ち運ぶのだ。

道具は、ほとんどが砂糖菓子職人本人の手作りだ。自分が使い勝手のいい道具を自分で作る。持ち手の大きさや太さ、形など、自らの手の大きさや癖《くせ》にあわせて自分で木を削《けず》るのだ。ただ鋼の刃《やいば》や、石の器《うつわ》が必要なときは、刃の部分だけ鍛冶《かじ》師に頼《たの》んだり、器だけを石細工師に頼んだりする。

アンはいつもの習慣で、夜明け前に目を覚ました。

ミスリルはアンのベッドで大いびきをかいていたし、シャルも長椅子《ながいす》に横になったまま目を閉じていた。彼らを起こさないように部屋を抜け出した。

朝食は食堂兼《けん》居間に準備されていた。パンとミルクと果物だった。アンは他《ほか》の職人たちを待たずにそれらをぱくついてから、さっさと繭の塔へ行こうとしていた。

銀砂糖に触《ふ》れていれば、余計なことを考えないですむはずだった。

「銀砂糖子爵《ししやく》」

天守の二階から一階の通路へ下りようとしていると、階下からマルグリット王妃《おうひ》の声が聞こえた。ぎくっとして足が止まった。

——朝の廊下で王族に会ったら、どうすればいいの⁉　土下座⁉　違うか……。跪《ひざまず》く？　で？　挨拶《あいさつ》は普通《ふつう》に「おはようございます」なの？　それとも声をかけちゃいけないの⁉

体が硬直《こうちよく》した。朝の廊下で王族にばったり出会うなんて状況《じようきよう》は、根っから庶民《しよみん》のアンにとっては緊張《きんちょう》を通り越《こ》して恐怖《きょうふ》に近い。

「どうされましたか、こんなに朝早く」

続いて、ヒューの声が聞こえる。

「今日からルルが、職人たちに仕事を教えるのでしょう。気になったものですから」

「我が師は変わらずの不遜《ふそん》な態度ですし、わたしも一緒《いっしょ》にいます。ご心配なさらずに。それよりも王妃様がいらしては、職人たちの気が散りますから、お引き取りくだされればありがたい」

そろりと、階段の手すりから階下を覗《のぞ》いた。

こんなに近くにいるのに顔を出さなければ失礼かとは思うが、逆に顔を出すほうが失礼かもしれない。とにかく貴族社会の礼儀《れいぎ》やら習慣やらが、さっぱりわからない。

出入り口近くの廊下に、マルグリット王妃とヒューの姿がある。マルグリットは昨日と似たドレス姿だったが、ヒューは簡素な茶の上衣《うわぎ》姿だった。彼の服装からも、王族に会う予定がなかったのだろうとわかる。王妃は不意打ちで、ここにやってきたのだろう。

「私には見せたくないことでもあるのですか、子爵」

冷えた声で王妃が訊《き》いた。

「なぜそのようなことを？　なにか不審《ふしん》なことでも？」

「この数ヶ月、ルルは私と二人きりで会うのを避《さ》けています。私が会いに行くと伝えると、決まってあなたがルルと一緒にいる。そしてうまく口実を作って、ルルはすぐに自分の部屋に引きあげてしまう。それにあの黒髪《くろかみ》の妖精のことも。ルルは美しいと噂《うわさ》の彼に会いたかったと言っていましたが、そんな理由で誰《だれ》かを呼ぶとは思えません。あなたとルルが、私になにかを隠そうとしていることは気がついています。しかしそれは、臣下として感心できる態度ではありません。私は銀砂糖妖精についてすべてを任されているのです。私は国王陛下の代理ですよ」

「気になさりすぎです。わたしたちは別に……」

「誤魔化《ごまか》さないでください！」

突然《とつぜん》、王妃が鋭《するど》い声で彼の言葉を遮《さえぎ》った。

「ですから」

困ったようなヒューの声に、王妃の声がぴしりと重なる。

「やめてください。真実を教えてください。昔のように友人として話をしてほしいのです」

ヒューのため息が聞こえた。

「聞かせられない」

「なぜなのです」

「我が師の望みだ」

「二人でなにを考えているの？　もしかして……。継承《けいしょう》者をつくるという王家の方針を利用して、あなた方は何かをしようとしているのですか？　そもそもルルが寝《ね》込んだ後、継承者を作るべきだと陛下に提案したのはあなたですよね、ヒュー。なにかたくらんでいるの？　私に言えないようなことを？　もしそうなら、私は王妃としてそれを知らなければならない。王家の害になるのであれば、あなたやルルも処分しなくてはならない。それをわかっているの？」

「確かに、継承者をつくるべきだと提案したのは俺だ。だが他意はない。純粋《じゅんすい》に技術が消えることを危《あや》ぶんでの提案だ。心配はない。俺は王家には背《そむ》かない」

「私は、あなたたちを信じていいのですか？　ヒュー」

「信じてほしい。そろそろ職人たちも起き出してくる。マルグリット。帰ってくれ。王妃様がうろうろしていたんじゃ、職人たちが落ち着かない」

「……わかりました」

二人が廊下の別々の方向に歩き出すと、アンは詰めていた息をほっと吐《は》き出し、道具入れを胸に抱えて壁《かべ》にもたれた。背をつけた石壁《いしかべ》は、ひやりとした。見てはいけないものを見たような気がする。ヒューと王妃のあの親しげな様子は、なんだろうか。

足音を殺すようにして天守一階の廊下を抜《ぬ》け、繭の塔が建つ庭に出た。朝の庭は根雪が輝《かがや》き明るかったが、冷えていた。ぶるっと身震《みぶる》いしてから、一気に繭の塔に駆《か》け込んだ。

塔の中も冷えていた。だが外気と遮断《しゃだん》されているぶんだけは、いくぶんましだ。

二階に砂糖菓子の作業場があるから、そこに来いと言われていた。

おそるおそるのぼっていくと、一階よりもすこし狭《せま》い円形の部屋に出た。石を貼《は》った作業台や、臼《うす》や、竈《かまど》。平たい石の皿。銀砂糖の樽《たる》。見慣れたものが並ぶその場所に、ほっとした。

部屋の中央に歩いて行くと、作業台に道具入れを置く。すっと、大きく息を吸い込んだ。

――甘い。銀砂糖の香《かお》り。

石の壁や床《ゆか》や天井《てんじょう》に、銀砂糖の香りが染《し》みこんでいる。石にすら香りが移るようになるには、どのくらいの時間が必要なのだろうか。

――五百年前って、ヒューは言ってた。ここは五百年前から作業場なんだ。

そしてあのルルという美しい妖精《ようせい》は、五百年前からここで砂糖菓子を作り続けているということだろう。それに思い至ったときに、アンはぞっとした。毎日同じ場所で、毎日同じ作業をする。しかも五百年間。真綿で首を絞《し》められるような恐《おそ》ろしさがある。

「早起きだな。小娘《こむすめ》」

不意に背後から声がして、飛びあがりそうになった。ふり返ると、絹糸のような金髪《きんぱつ》をかきあげながらルル・リーフ・リーンが螺旋《らせん》階段を下りてこちらにやってくるところだった。

「おはようございます。あの、お師匠《ししょう》様も早いですね」

緊張しながらも挨拶すると、ルルはふむと頷《うなず》いた。

「六百歳にもなると、早起きになる。それと小娘。そのお師匠というのはやめろ。確かに弟子《でし》になれとは言ったが、師匠などと呼ばれるとむずがゆい」

「じゃ、ヒューみたいに我が師、とか」

ルルは鼻の付け根にしわを寄せた。

「さらに悪い。あれはな、あやつがわたしをからかって、わざと慇懃《いんぎん》無礼にそう呼んでいるのだ。ルルでいい。ルルと呼べ」

「じゃ……ルル？」

「なんだ小娘」

「わたしもアンって名前があるんです。それで呼んでください。アン・ハルフォードです」

「そうか、アンか。ではそう呼ぼう」

そう言って笑った顔は、とびきり美しいにもかかわらず、どこかあけすけで親しみやすかった。おもわず微笑《ほほえ》み返していた。

五百年も塔に閉じこめられているはずなのに、それを思わせるような暗さがない。しかも人間に閉じこめられながらも、人間のアンにこうやって笑顔《えがお》で話をしてくれる。

この妖精は、優《やさ》しくておおらかな人なのだろう。金色に光る睫《まつげ》が綺麗《きれい》だ。こんな美しい妖精であれば、シャルも心ひかれるはずだ。

——こんな妖精の女の人が、シャルにふさわしい。

シャルにとって理想的な相手に思えた。

ミスリルではないが、アンもシャルの幸せのために、彼らを恋人同士《こいびと》にして伴侶《はんりょ》として生きられるように応援《おうえん》するべきかもしれない。出会ってまだ一日だが、昨夜の様子を見る限りお互《たが》いを嫌《きら》っている感じはなかった。そう考えるとまたずきりと胸が痛んだが、それをねじ伏《ふ》せ、呪文《じゅもん》のように心の中で繰《く》り返した。

――当然のこと。自然なこと。シャルのために、一番いいこと。

「どうした、アン？　わたしの顔になにかついているか」

問われて、慌《あわ》てた。

「え、いえっ！　なんでも……」

と答えかけて、ふと大切なことを思い出した。ルルはなぜ、シャルを呼んだのだろうか。

「あの、ルル？　訊いていいですか？」

「答えられるものならば答えるが？」

「シャルのこと、どうして呼んだんですか？　どうやって彼のこと知ったんですか？」

「おお、そんなことか。あれはな、銀砂糖子爵《ししゃく》から美しい妖精がいると聞いて、会ってみたくなっただけだ。美しいものを見たいと思うのは、当然の心理であろう」

「それでシャルに会って、どうでしたか？」

「どう、とは？」

「どうって……例えば。素敵《すてき》だな、と思ったとか。一緒《いっしょ》にいたいな、って思ったとか」

ルルは腕組《うでぐ》みして、面白《おもしろ》そうな顔をしてアンを見おろした。ルルはシャルほどでないにしても長身で、目線はアンの目線よりかなり高い。

「つまりそれは、君がシャルを見て素敵だ、一緒にいたいと思っているということか？」

「えっ⁉　ち、違《ちが》います！　今のはたとえ話で」

何気なく口にした言葉に、自分の本音が紛《まぎ》れてしまっていることに焦《あせ》った。

「なるほど。たとえ話か。ふむ。そうだな。会ってみて、さすがに美しいと思った。悪くない。よい男だ。恋人にしてもよい」

――恋人。やっぱり。そう思うよね。

表情をなくしたアンを、ルルはさらに面白そうににやにやと笑って見つめる。

「黒曜石さえその気ならば、明日にでも恋人宣言してもいいぞ。どうだアン。黒曜石に訊いてみてくれるか？　わたしの恋人になるか、とな」

「は、はい」

答えてから、乱れかけた自分の気持ちをなだめようと、何度か深呼吸した。

しかし頷いたアンを見てルルは、

「なんだ？　いいのか、アン？」

と、なぜか不満そうに訊《き》く。なにがと問い返そうとしたときだった。

「早いな。アン。我が師も相変わらず、早起きでなによりだ」

階下からヒューが上がってきた。彼の顔を見て、アンは少なからずどきどきした。先刻の王《おう》妃《ひ》とヒューの様子を思い出すと、今までアンが知っていたヒューに、まったく別の顔が隠《かく》れているような気がする。

「どうした、アン。妙《みょう》な顔をして」

「え。別に」

「爽《さわ》やかたるべき朝に君の顔を見たので、気分が悪いのかもしれんな」

ルルの発言に、ヒューは肩《かた》をすくめた。

「可愛《かわい》い弟子になんてことを言うんだ、我が師」

「君に可愛げがあると思ったことは、一度もない」

「それはそれは、申し訳ない。今日からは五人も弟子ができるが、彼らは間違《まちが》いなく俺よりも可愛いはずだ。安心してくれ」

ヒューの態度も言葉遣《ことばづか》いも、銀砂糖子爵の正装を身につけている時とはがらりと違う。銀砂糖子爵とヒュー・マーキュリーを、はっきりと使い分けているらしい。

弟子と聞いて、ルルはふんと鼻を鳴らしてヒューから視線をそらした。

「約束したからには、技術は教えてやろう。弟子などできても、うれしくもおかしくもないが
……それがわたしの義務らしいからな」

憂鬱《ゆううつ》そうな色が、一瞬《いっしゅん》ルルの瞳《ひとみ》に見えた。それを見ながらも、ヒューはきっぱりと言った。

「そのとおりだ。我が師」

「あれれれ、早いね。俺たち遅刻《ちこく》？　時間は間違《まちが》えてないはずなんだけどね」

階段からひょこりと、エリオットが顔を覗《のぞ》かせた。一緒に、キレーンもいる。

「おはようございます。コリンズさん、キレーンさん」

アンの挨拶《あいさつ》に軽く手を振《ふ》って応《こた》えながら、エリオットはこちらにやってきた。彼はいつものへにゃりとした笑顔でヒューにも頭をさげた。

「おはようございます子爵。それと、昨日会いましたけど、自己紹介《しょうかい》まだですね。エリオット・コリンズです。どう呼べばいいんですかねぇ、あなたのこと」

エリオットはルルの前に来ると、握手《あくしゅ》を求めて手を出した。

「ルルと呼べ。わたしも君たちのことは名で呼ぶ」

「じゃ、ルル。よろしく。光栄ですよ」

エリオットが握手を交《か》わすと、次にはキレーンがルルの前に進み出て握手をした。

「ジョン・キレーンです。マーキュリー工房《こうぼう》派の長《おさ》代理です」

「銀砂糖子爵から時々名前は聞くぞ。融通《ゆうずう》は利《き》かぬが、腕《うで》は確かだと」

子爵から名前を聞くと言われて、キレーンはすこし嬉《うれ》しそうな顔になる。

キレーンが握手を終えると、ヒューは三人を見回した。

「あと二人はどうした。逃《に》げ出したか」

「大丈夫《だいじょうぶ》です。逃げていません。おはようございます子爵」

階段の方から、キースの声がした。

「念のため言っておきますが、遅刻していません。時間ぴったりです。みなさんが早すぎです」

階段をのぼってきたキースの後ろには、眠《ねむ》そうで顔色の悪いステラもいた。キースはちらりとアンに視線を向け笑顔を見せてくれた。いつもの彼の笑顔だ。

キースはまっすぐルルのところにくると、深く一礼した。

「キース・パウエルです。父は以前、あなたに教えを受けたはずです」

「パウエルというのは、あいつか。ヒューの前の銀砂糖子爵エドワードの息子《むすこ》か。なるほど、雰囲気《ふんいき》が似ている。わたしはルルだ」

今一度頭をさげたキースは、ステラの方に視線を向けた。ステラは部屋の隅《すみ》でぼんやりしている。朝が苦手なたちなのだろう。眠くてろくに頭が回っていないし、ルルにもまったく興味がないふうだった。仕方ないというように、キースは軽くため息をついた。

ルルはステラの方に、軽い調子で問いかけた。

「そこの君は、わたしの弟子《でし》になる気はあるのか」

「弟子って……」

声をかけられてステラは、はじめてそこにルルがいることに気がついたような顔をした。そして軽く目をこすりながら、眠そうに答える。

「妖精《ようせい》のあんたが、俺が知るべきほどのことを知っていればね」

「言うではないか。君の名は？」

「名乗らなきゃならないのか？　朝っぱらから。面倒《めんどう》だね」

その受け答えに、さすがにヒューが渋《しぶ》い顔をする。

「ノックス。目が覚めないなら、水でもかぶるか？」

「いや、かまわん。銀砂糖子爵」

ルルがヒューの声を遮《さえぎ》った。その目にははっきりとした自信がみなぎっている。

「知るべきほどのことをわたしが知っているか、その目で確かめてみよ。名無し」

名無しと呼ばれ、さすがにカチンときたのかステラは何か言い返そうとした。が、その前にルルは一歩前に踏《ふ》み出して、落ち着いた声で呼んだ。

「エリオット、ジョン、アン、キース。と、名無し」

全員の視線が、ルルに集まった。ステラは名無し呼びが気に入らないらしい顔をしているが、自業自得《じごう》だろう。ルルは気にした様子もなく、続けた。

「細工の道具はもってきたな？　まず腕を見せろ。壁際《かべぎわ》に銀砂糖の樽《たる》がある。それを使って砂糖菓子《がし》を作れ。大きさは掌《てのひら》の大きさ。色を使え。作るものはなんでもよい。得意なものを作れ」

ステラはあくびをかみ殺しながら、のろのろと動き出した。だが、他《ほか》の職人たちの動きはさすがに速かった。作業場の壁《かべ》沿いには、様々な道具がごちゃごちゃと並んでいた。見慣れた品もあれば、何に利用するのかわからない道具まである。彼らはざっと周囲を見回すと、その雑多な道具類の中から必要な道具を確かめ、集め始めた。

銀砂糖の樽から石の器《うつわ》で銀砂糖をくみあげ、アンは作業台の一つに向かった。同じ作業台に、キースとステラもやってきた。アンの背後の作業台には、エリオットとキレーンがつく。樽から冷水をくみ、作業台の上に広げた銀砂糖に混ぜた。両手で練りはじめると、その手触《てざわ》りにアンは目を丸くした。

顔をあげ、同じ作業台にいるキースとステラを見る。彼らの顔にも同じような驚《おどろ》きがあった。

「銀砂糖の手触りが違うな」

背後の作業台で、キレーンが呟《つぶや》いた。

彼の言うとおり、銀砂糖の手触りがいつも馴染《なじ》んでいるものと違う。この銀砂糖は、さらさらしているのになめらかさがある。銀砂糖の粒子《りゅうし》が、アンたちが使う物より細かいのだろう。冷水を加えて練りはじめると、銀砂糖はなめらかな艶《つや》をおびる。

そうしているとヒューが、木の箱に入れた色粉の瓶《びん》を運びこんできた。職人たちはそれぞれ必要な色粉の瓶を二つ三つ手にして、作業台に戻《もど》った。色粉を加えて練る。

持ってきた道具入れの紐《ひも》を解き、アンは道具を作業台の上に広げた。

──お花を作りたいな。

雪に覆《おお》われる冬は、それはそれで綺麗《きれい》な景色だ。けれどそろそろ雪景色にも飽《あ》きて、花や蝶《ちょう》や緑、そんな明るい色彩《しきさい》のものが懐《なつ》かしくなる。

銀砂糖に赤い色粉をすこしずつ混ぜ込み、ふわりとしたピンク色を作る。それを小さなめん棒で薄《うす》くのばし、切り出しのナイフで一枚一枚花びらを切り出す。花びらを切り出すと、針で花びらの表面に筋をつけて質感を足していった。

キースは小さな妖精を作っていた。彼は端整《たんせい》な人物像が得意なのだろう。彼の作る人物の顔は、品があり、目をひきつけられる。

ステラは椅子《いす》に座って、のろのろと作業を進めている。冠《かんむり》を作っているらしい。作業の速度は遅《おそ》いし顔に覇気《はき》はないのだが、さすがにヒューに選ばれた職人だった。冠は優雅《ゆうが》な曲線を描《えが》く蔓薔薇《つるばら》を模した、端麗《たんれい》なデザインだった。それは何処《どこ》かで目にしたわけでもなく、自分の感性のみで形を作っているらしい。銀や金の細工職人がいれば、そのままそれを本物の冠にしたいと思うかもしれない。

キレーンは、聖ルイストンベル教会を作っている。教会の屋根の瓦《かわら》や柱の模様、それらを正確に再現しようとしているらしい。細かな石のレリーフを丹念《たんねん》に仕上げている。

そしてエリオットは、蝶を作っていた。彼は作業の速度が速く、みんなが一つの作品に集中しているのに比べて、いくつもいくつも、違《ちが》う色の蝶を指先だけでひょいひょいとひねるようにして作る。それがまた、色味も羽の透け具合も繊細《せんさい》なのだから、驚く。

一人一人、作り方の癖《くせ》はある。だが間違《まちが》いなく技術は一流だ。

作業を続けながら、彼らの指先や顔をちらりと見ると、高揚感《こうようかん》を覚えた。

五人の職人は、互《たが》いに何かしら苛々《いらいら》をぶつけ合ったりはしているが、彼らのような職人たちと一緒《いっしょ》にこの場にいることは、純粋《じゅんすい》に凄《すご》いことだと思える。

ルルはぶらぶらと作業台の周りを歩き、職人たちの様子を観察していた。その表情は満足そうでもあり、また同時に、すこし馬鹿《ばか》にしているようにも見えた。

ヒューは壁際で職人たちを見守っている。

ルルはアンの近くを通り過ぎようとしたとき、アンが広げている道具入れに目を落として足を止めた。

アンはいつもの癖で道具入れを目の前に広げ、道具類が端《はし》から端までぱっと目に入るようにしていた。そうすると必要な道具がすぐに見つけられるので、作業がやりやすい。しかし作業が佳境《かきょう》に入ると、取り出した道具を元の場所に返すのがもどかしくなり、手近な場所に放り出してしまう。作業が終わると、だいたい道具はごちゃごちゃだ。

だが作業はまだ序盤《じょばん》。アンの道具類もお行儀《ぎょうぎ》よくそろっている。

ルルは一瞬《いっしゅん》驚《おどろ》いたような顔をして、道具入れのポケットに固定され、整然と並べられている道具の一つに手を伸《の》ばす。

「おい。アン……これは……」

その道具を手に取って、ルルはしばし絶句する。

ルルが手に取っているのは、細い木の軸《じく》の先端《せんたん》に、先が鉤状に曲がった針がつけられている道具だった。軸は人差し指ほどの細さだが、握《にぎ》りやすいように微妙《びみょう》な凹凸《おうとつ》がつけられている。使い込まれ、つやつやと黒光りしていた。そして軸の端に、砂糖林檎《りんご》らしき素朴《そぼく》な模様が小さく彫《ほ》り込んである。

「この道具は、どこで手に入れた」

「ママからもらったんです。ママは師匠《ししょう》からもらったって」

アンも砂糖菓子を作るようになってからは、自分で道具を作り揃《そろ》えた。必要な道具類をすこしずつ作っていき、エマの持っている道具の数とほとんど同じ数の道具を揃えた時に、エマの道具入れの中にあるこの道具が気になった。それの使いかたがわからないのだ。

どうやって使うのかと訊《き》くと、「師匠にもらったの。その人は不親切で、それの使い方は教えてくれなかったの」と肩《かた》をすくめた。そして「どうせ使い方がわからないから、あげる」と、アンの道具入れの中にひょいと入れてくれたものだった。

「おまえの母親が師匠にもらったと？　師匠の名は、聞いたか？」

「いいえ。わたしママがどうやって砂糖菓子を作る修行《しゅぎょう》をしたのかも、しらなくて」

「ふむ。なるほど」

しばらくルルは、その道具をじっと眺《なが》めていた。

「あの、ルル？　なにか」

「いや、なんでもない」

道具入れに道具を戻すと、ルルはさっと身を翻《ひるがえ》して、職人たち全員が見渡《みわた》せる位置に立った。

「もうよい。皆《みな》、手を止めろ。銀砂糖子爵《ししゃく》が選んだだけのことはある、全員それなりの腕《うで》で安心した。普段《ふだん》の砂糖菓子ならば、それで充分だ。わたしが出る幕ではなかろう。だがな」

ルルはヒューに目配せした。するとヒューが、部屋の隅《すみ》に置かれていた、膝《ひざ》の高さくらいの大きさのものを抱《かか》え上げた。砂糖菓子の作品だろうと予想はついたが、それには保護の布がかけられている。ヒューはそれを、窓辺の棚《たな》の上に置いた。

「だが、君たちの作るものは最上の砂糖菓子ではない。銀砂糖妖精が作るものの中で、最上の技術を駆使《くし》して作り、またそれの持つ力も限りなく強いといわれる砂糖菓子がある。あまりにも手間がかかるので、滅多《めった》に作れん。だがこれを作れぬ銀砂糖妖精は、銀砂糖妖精ではないと言われるほど、砂糖菓子作りの核心《かくしん》的なものだ。見ろ。窓辺だ」

その言葉が終わると同時に、ヒューが窓辺に置かれた砂糖菓子の布を取り去った。

「なんだ……あれ……」

ステラが呟いた。

キースは息をのみ、エリオットはまぶしそうに目を細めた。キレーンは思わずのように、胸のまえで聖印を切っていた。アンはただ目を丸くしていた。目が離《はな》せない。

それは旗だった。無論砂糖菓子で作られているので、動かない。だがはためく様子を再現するように、表面がうねっている。

圧巻なのは、その旗の表面が透《す》けるかのように光を通して、明るいことだ。

普通《ふつう》、銀砂糖を薄くのばせば磨《す》りガラスのように光が透けることはある。けれどこの旗は、旗の表面から、背後の光がにじみ出ているかのように光っている。そのぶん光は強く、旗の表面の輝《かがや》きも澄《す》んでいる。

そしてその旗に描かれる紋章《もんしょう》は、ミルズランド王家の紋章ではあるのだが、まったく色にくすみがない。湖水を貫《つらぬ》く光が、湖底に七つの色を描く時のように、鮮《あざ》やかで澄んだ色なのだ。

「虹《にじ》を織ったみたい……」

アンはため息混じりに呟いた。キースが隣《となり》で呆然《ぼうぜん》としたように言った。

「どうして、あんなふうになるんだろう？」

水を通り抜《ぬ》ける光や、水晶《すいしょう》を通り抜ける光が、七色の光になる。それを織り込んだような鮮やかさだ。

砂糖菓子《がし》は普通、白い銀砂糖に色をつけ、作品を作る。どれほど工夫《くふう》しようとも、色味はのっぺりと強い色になるか、もしくは白みをおびた柔《やわ》らかな色になるか。どちらかだ。

こんな鮮やかな色合いは見たことがなかった。また、これほど砂糖菓子の表面が光を直接通しているのも、信じられない。光の粒《つぶ》と銀砂糖を混ぜ合わせて作ったようだ。

「銀砂糖妖精《ようせい》の、最高の技術といわれるものを駆使して作った砂糖菓子だ」

誇《ほこ》らしげに、ルルは言った。

「銀砂糖子爵は、これをつくる技術を受け継《つ》ぐ」

惚《ほう》けている職人たちにヒューが告げた。その声に職人たちははっとして、彼に視線を向ける。

「俺も普段は作ることがない。国王陛下の戴冠式《たいかんしき》の時。あるいは戦《いくさ》の戦勝祈願《きがん》の時。そういった特殊《とくしゅ》な時だけに作る」

——どうしたらあんな色になるの？　どうしたらあんなに光がまっすぐ通り抜けるの？　砂糖菓子の表面を、どうして？　どうやって？

どうしようもなく、胸が高鳴る。

——知りたい。

「これを作る技《わざ》を教える。技の要点は、二つだけだ。一つは色。そしてもう一つは、砂糖菓子の組みあげの方法だ。君たちのやりかたでは、百年練っても、百年組みあげても、絶対にこれは作れんよ。やり方を知らなければな」

ルルは厳《おごそ》かに告げ、にっと笑った。

「まずは一つ目。色だ。これから出かけようではないか。銀砂糖の色を見に、な。外出だ」

外出するというので、職人たちは急いで部屋にケープや上衣《うわぎ》を取りに行った。

アンはケープを取りに行くついでに、シャルを呼んでくることになった。ルルが、

「妖精がわたし一人ではつまらん。護衛役として、シャルを同行させろ」

と、言い出したためだった。部屋に帰ってそれを告げると、シャルは座っていた窓辺から、

めんどくさそうに立ちあがった。それを見てミスリルが、ベッドの上にぴょんと立ちあがった。

「俺様も一緒に行っていいか⁉」

するとシャルが、冷たい目で答えた。

「自分が不法侵入《しんにゅう》者だということを忘れたのか」

「そそそ、そうだった！　俺様は隠《かく》れてる。行ってこい！」

自分の立場を思い出したらしく、ミスリルは慌《あわ》てて毛布の下にもぐった。

アンとシャルが連れ立って部屋を出ると、シャルがぽつりと言った。

「あいつはうろつきまわりそうだな、自分の立場を忘れて」

「忘れないで欲しいけど……無理かな……」

王城に興味津々《きょうみしんしん》らしいミスリルは、うっかりすると出歩いて、捕《つか》まってしまいそうな気もする。しかし救いなのは、妖精も人も、下働きや召使《めしつか》いがたくさんいるので、それなりに振る舞《ふま》っていれば不法侵入者だと気づかれないだろうということだった。

厩《うまや》が並ぶ馬車だまりに到着《とうちゃく》すると、中央辺りに馬車が数台とめてあるのが見えた。そのなかに銀砂糖子爵の紋章を描《えが》いた馬車もあった。

職人たちは既《すで》に馬車に乗り込んだらしく、ヒューとサリムだけが馬車の外にいる。

アンたちの姿を見ると、ヒューは軽くて手をあげた。が、その表情が急に曇《くも》る。彼の視線の先を追うと、アンたちのすぐ後ろからダウニング伯爵《はくしゃく》が歩いて来るのが見えた。

先代国王の時代からミルズランド王家の重臣であり、現国王のエドモンド二世の即位《そくい》を後押ししたハイランド王国の重臣中の重臣だ。ダウニング伯爵が、足を止めた。

「そなたは……やはり……」

ダウニング伯爵の視線はシャルを捉《とら》えていた。

ヒューが急いでやってくると、ダウニング伯爵の前に出た。

「伯爵。いかがなさいましたか」

「王妃様《おうひ》の許可で、繭《まゆ》の塔《とう》に職人以外に妖精が呼ばれていると知って、気になってな。第一の天守に行ったが、誰《だれ》もおらぬ。外出の予定だと聞いて、ここへ来てみたが……。呼ばれたのは、この者か。荒野《こうや》で会ったな。この者は、どうして呼ばれた」

ダウニング伯爵はヒューに厳しい目を向ける。

「銀砂糖妖精が呼べと。美しいと噂話《うわさばなし》を聞いて、会ってみたくなったらしいですが」

「会ってみたくなっただと？　解《げ》せんな。あの荒野でも妖精たちに妙《みょう》なものを感じたが……。そなたは何者だ。妖精」

背筋がひやりとした。もしシャルが妖精王となるべき存在だと知られたならば、この老臣はどうするのだろうか。国の安定のためセドリック祖王の息子兄弟二つの血筋を滅《ほろ》ぼし尽《つ》くした、ミルズランド王家の最も信頼《しんらい》厚いといわれる家臣。そして現国王のエドモンド二世が幼くして即位した後、幼い彼の治政を保つために、先陣《せんじん》を切って戦《いくさ》をした人だ。その功績のために王族と同等の扱《あつか》いをうける、権力のある人間だ。

無表情のままシャルは答えた。

「シャル・フェン・シャル。妖精だ。この娘《むすめ》の護衛だ」

ダウニング伯爵はまだいぶかしげな表情ではあったが、しばらくすると軽く手を振った。

「わかった。行け」

ヒューとアンはダウニング伯爵に頭をさげると、シャルを促《うなが》して馬車の方に向かった。

ダウニング伯爵は行けと許可したが、シャルを警戒しているのは確かだろう。王家を守り支えてきた老臣は、わずかな危険も見逃《みのが》さないはずだ。

見張られていると、強く感じる。

――シャルは、ラファルみたいに人間を傷つけたりしないのに。

それをわかってもらいたくとも、妖精王となるべくして生まれた妖精だと聞いた途端《とたん》に、人間は恐《おそ》れ驚《おどろ》き、彼に襲《おそ》いかかるだろう。だからアンは、シャルに自分の出生を語って欲しくなかった。ずっと秘密にして、彼の人生を幸福に過ごしてもらいたい。

ただ、そうやってシャルの幸福だけを考えてしまう自分の身勝手さも、よくわかっていた。

妖精たちの希望になりえる妖精王は、妖精たちにとって必要な存在のはずだ。

銀砂糖子爵《ししゃく》の六人乗りの大型馬車に、五人の職人とルルが乗った。

ヒューは馬でその馬車に付き添《そ》い、サリムが護衛役としてつく。さらにシャルも馬で同行だ。

馬車は王城を出るとルイストンの街中を抜け、進路を南にとっていた。

ヒューの同行があるとは言え、ルルが王城を出ることができるのは意外だった。五百年間王城に縛《しば》られてはいるが、外出が不可能ではないらしい。

もちろんヒューとサリムが監視《かんし》の目を光らせている。さらに妖精なのだから、片羽を握《にぎ》られていれば下手《へた》なことをできないという安心感もあるのだろう。

だが王家の人間がルルを囚人《しゅうじん》のように扱っていないことには、すこしほっとする。このぶんならば、ルルが希望すれば恋人《こいびと》と一緒《いっしょ》に王城に住むことも許可されるのではないかと思えた。

窓から景色を見るふりをしながら、馬車の少し前を馬で歩くシャルの背中ばかり見ていた。

ルルは朝、シャルを恋人にしてもいいと言っていた。

シャルとルルが恋人同士になったら、シャルが立てたアンを守る誓《ちか》いが、シャルとルルを邪魔《じゃま》する。そうならないようにアンは好きな人を探してしっかり仕事をして、シャルが誓《ちか》いを破ることなくアンのそばを離れられるようにしなくてはならない。

——誰かを、シャルみたいに好きになれればいいのに。

好きな相手と恋《こい》をしろ、とシャルも言った。アンはその言葉に従うべきなのだ。

けれど今、目の前にシャルの姿があると、とても彼のように好きになれる人がいない気がする。心をどんなに制御《せいぎょ》しようとしても、シャルにひかれてしまう。

ステラは、アンとは逆側の窓から外を眺《なが》めている。彼は馬車に乗ることにも、王城の外へ行くことにも文句を言わなかった。覇気《はき》のない人物らしいが、好奇心《こうきしん》は持ち合わせているらしい。あの砂糖菓子を見せられ、そしてそれをつくる技術を教えると言われれば、職人ならどんなことがあっても知りたくなるはずだった。

周囲はのどかな郊外《こうがい》の景色で、左右に森が広がる。森の木々は冬枯《ふゆが》れ、その足元には根雪がしっかりと固まっていた。

「それにしても、いいねぇ！　とびきりの美人と馬車に乗るってのも。師匠《ししょう》が美人なんて、工《こう》房《ぼう》じゃあり得ないしねぇ」

エリオットは両手を頭の後ろに組み、へにゃりとルルに笑いかけた。ルルは「ほおっ」と珍《めずら》しそうな顔になる。

「君は人間にしては見どころがあるな、エリオット！」

「おべっかなんか使うなよ、情けない」

うんざりしたように言うステラに、エリオットは変わらないにこにこ顔だ。

「え？　本心なんだけどねぇ。事実だし」

「もっと言ってもかまわんぞエリオット。他《ほか》の君たちも遠慮《えんりょ》するな、じゃんじゃん褒《ほ》めてくれ」

鼻の穴を膨《ふく》らませ、ルルは得意満面だ。背に流れる片羽が、薄《うす》く輝《かがや》くような黄色みをおびる。

「そんなに要求されたら、褒めにくいですよ」

キースは苦笑《くしょう》した。しかしキレーンは至極《しごく》まじめに、片眼鏡の位置を直しながら、まるで石でも観察するみたいにじろじろとルルを見て頷《うなず》き、棒読みで賞賛する。

「うむ。では。褒めましょう。確かにお美しい。素晴《すば》らしい。ハイランド随一《ずいいち》の美貌《びぼう》だ」

「よしよし」

心のこもらない賞賛でも、子供じみた嬉《うれ》しそうな顔をするルルに、アンは笑いをこらえた。

「ほんとうに、ルルは素敵《すてき》ですよ。わたしもルルみたいな美人になりたい」

「千年生きても、あんたは無理だよね」

ステラは窓の外を向いたまま、ずばりと胸をえぐるようなことを言う。

「う……。それは、事実だけど……」

「君もわたしを褒めてはどうだ、名無し。君もわたしの弟子《でし》だろう」

「あんたさっきから聞いてたら人のこと、名無しっ……！」

ステラは声を荒《あら》げかけたが、その勢いで咳《せ》き込む。キースが急いで、その背を撫《な》でる。ルルがちょっと眉《まゆ》をひそめる。

「大丈夫《だいじょうぶ》か？　名無し。気の毒に。体が丈夫ではないらしいな、名無し」

咳き込みながらきっとステラがルルを睨《にら》むので、アンはルルのドレスの袖《そで》を引いた。

「あの、ルル。その名無しが、さらに悪いんじゃ」

「おお、そうか。名無しが悪いか。悪かったよ。名無し」

あきらかにルルは、わざと言っている。咳《せき》がおさまると、ステラはぜいぜい息をしながらも挑戦的《ちょうせん》に言った。

「あんたなんか褒めないよ。しかも俺は、あんたの弟子になってもいいって言った？」

「なかなか、へそ曲がりだな」

ルルはステラをからかっているらしく、微笑《びしょう》が口元に浮《う》かぶ。

「ところでルル。与太話《よた》は終わりにして、どこへ行くのか、そろそろ教えてもらえませんか」

ハンカチで片眼鏡を拭《ふ》きながら、キレーンがまじめに口を開いた。

「王家の使う砂糖林檎《りんご》の木を見に行く」

ルルはあっさりと答えた。

「王家の使う砂糖林檎って？」

アンが問うと、キースが教えてくれる。

「銀砂糖子爵が精製する銀砂糖は、王家専用の砂糖林檎の木から収穫《しゅうかく》するんだよ。秋になると父は、収穫のために何日も城を空けてたよ。王家の銀砂糖を確保するために、ある程度の規模の砂糖林檎の林を王家専用と決めて、一般《いっぱん》には使わせないようにしているらしいよ」

「そのとおりだが。その砂糖林檎の林を王家が囲っているのにも、わけがある」

ルルは、馬車の中にいる職人全員の顔を見回した。

「さて、君たち。わたしの見せた砂糖菓子《がし》の色と、君たちの作る砂糖菓子の色、違《ちが》うな？　どうしてだと思う」

アンはぽかんとした後、素直《すなお》に、

「わかりません」

と答えた。エリオットもさっぱりわからないというように、肩《かた》をすくめる。

しかしキース、キレーン、ステラのインテリ三人組は、あっさりと「わからない」と言うのがしゃくに障《さわ》るのか、むっと考え込んだ。

「色粉の質が違うに決まっているね。銀砂糖子爵が準備したものが、ただ発色が悪かったんだ」

しばらくするとステラが、ずるい仕掛《しか》けを見抜《みぬ》いたように言いきった。

「あれは銀砂糖子爵が王家のために使う色粉だ。あれ以上質の良いものはない」

ルルが否定すると、今度はキースが顔をあげた。

「発色を良くするなにかを、銀砂糖に混ぜましたか？」

「銀砂糖にあれこれ加えたりせん。まずくなる。我々は銀砂糖の味しか感じないのだよ。それに混ぜ物をすれば、甘みが薄れる」

するとすかさずキレーンが訊《き》いた。

「僕たちが知らない製法で作られた特別な色粉を使っているのじゃないですか、ルル」

「それも違う。君たちは、一カ所でぐるぐると堂々めぐりだ。だから五百年経《た》っても、誰《だれ》もその方法に気がついていないのだな。君たちには本質がわからないのだ。人間は、本質を理解できないのに、わたしは人間に教えなくてはならないのか」

できの悪い生徒に失望したように、ルルはため息をついた。

「妖精《ようせい》なら、人間よりももっと理解できるんですか？」

好奇心で、アンは身を乗り出した。

「あたりまえだ。銀砂糖や砂糖菓子は、妖精の体や本能に直接結びつく」

「なら、わたしたちだけじゃなくて、妖精の誰かにもルルの技術を伝えてあげたらいいんじゃないですか？　そのほうがもしかしたら、すごい砂糖菓子職人が生まれるかも」

「王家もそう考えた。百年前と、二百年前くらいか。当時の人間王が、我々のもとに、新しく銀砂糖妖精として技術を教えろと、何人も妖精を送り込んできたが。ある程度まで進歩しても、そこからが駄目《だめ》だった。結局誰も、新しい銀砂糖妖精にはなれなかったよ」

「どうしてですか？」

「君たち人間だってそうだろう。その辺にいる人間を捕《つか》まえて、工房に放りこんで修行《しゅぎょう》させたら、素晴らしい職人になるか？　一定の技術は身につくが、そこから伸《の》び悩《なや》む。砂糖菓子職人としての資質というものが必要なのだ。妖精だってそうだ。人間ならば意欲《いよく》のある者どもが集まり、その中には資質ある者も存在するだろうがな。人間は妖精王の死後、妖精に砂糖菓子職人の仕事をさせておらん。いきおい、資質のある者も見つからん」

「じゃ、今ある工房に、妖精の見習いをたくさん入れればいいんじゃないですか⁉　それならその中から、資質のある妖精が見つかるはずですよね」

声が弾《はず》んだ。

──そうだ。それって、素敵なこと！

妖精が人間よりも砂糖菓子に関して鋭敏《えいびん》な感覚を持っていて、人間よりもよい砂糖菓子職人になる可能性があるならば試《ため》してみるべきだ。妖精と人間が分《わ》け隔《へだ》てなく同じ仕事をし、互《たが》いに尊敬し合えるならば、理想的だ。

──そんな工房があれば。

アンとキースは一緒《いっしょ》に工房を立ちあげようと約束したが、そこをそんな場所にできればいいのかもしれない。

ルルは、きょとんとしている。信じられないことを聞いたような顔だ。ステラが、鼻で笑う。

「工房に妖精を入れるって？　妖精の砂糖菓子職人？　聞いたことないけど？」

「でも現実に、目の前にルルがいるんだもの。ルルは職人だもの」

「別に悪かないけど、あんたは妖精に肩入《かたい》れしすぎだよね。連れ歩いてる友だちとか言うあの妖精に惚《ほ》れてるから、そんなふうに妖精に肩入れするんじゃゃないの？」

「ちがうわ！」

意地の悪い言葉に、かっと恥《は》ずかしくなり声が裏返った。そのアンをかばうように、キースが厳しい顔をステラに向けた。

「ステラ。失礼ですよ。彼女は単純に、可能性を言っただけです」

優《やさ》しい表情を消したキースの横顔はきりりとしていて、頼《たよ》りになる。

「キースはアンに肩入れしすぎだよね。惚れてるの？」

「なんでそういう基準でばかり話をするんですか」

するとエリオットがへにゃりと笑って身を乗り出す。

「なになに恋愛話《れんあい》？　そういうの好きなんだねぇ、ステラちゃん。女の子はそうじゃなくちゃ」

「誰が女の子だよ。誰が」

エリオットの言葉にステラが反応したので、アンはほっとした。アンのみならずキースとステラの雰囲気《ふんいき》も悪くなってしまったのを感じ、エリオットは助け船を出してくれたのだろう。

ステラは心底軽蔑《けいべつ》したようにエリオットを睨んでいるが、エリオットはけろりとしたものだ。

「いいじゃない、別に？　俺も恋愛話大好物だし」

「なにがいいんだ。それに、あんたの好物なんか訊いてないよ」

「冷たいこと言わずに恋愛話で盛りあがろうよステラちゃん。彼女いるの？　ちなみに俺は、婚約《こんやく》者に逃《に》げられて彼女募集中《ぼしゅうちゅう》」

「訊いてないよ」

馬鹿《ばか》な会話を繰《く》り返すエリオットとステラに、キレーンが呆《あき》れたように言った。

「もうやめたまえ。子供か、君たちは」

ルルがちいさく笑った。

「まことに、気の抜《ぬ》けた弟子《でし》どもだ」

侮蔑《ぶべつ》混じりの言葉に、五人の職人は返す言葉がなかった。その時ふいに、馬車の扉《とびら》が開いた。

扉を開けたのは、ヒューだった。いつの間にか馬車は停車していたらしい。

「さあ、ついたぞ。皆《みな》、外套《がいとう》を着て降りろ」

ヒューが白い息を吐《は》きながら、外へ出るように顎《あご》をしゃくった。

さっと一番にルルが立ちあがった。

「まあ、よい。わたしは義務を果たすだけだ。君たちに見せよう、銀砂糖のほんとうの色を」


到着《とうちゃく》したのは、広い砂糖林檎の林だった。

「すごい！　広い！」

雪に足を取られながらも、アンが夢中で歩き出している。

根雪の中に、白く細い幹と、さらに細い子供の小指のような枝を広げる、背の低い砂糖林檎の木。それが見渡《みわた》すかぎり広がっている。

砂糖林檎《りんご》の木は、人間が栽培《さいばい》しようとしてもどうしてもうまくいかない。砂糖林檎が欲しければ、自然の中に自生したものを見つけて、収穫するしかない。ただ自然に生えるものだから、それほど広い砂糖林檎の林はあまり見かけない。

キースが知っている限り、目の前にある砂糖林檎の林は王国一の広さだ。

周囲には低い垣根《かきね》があり、砂糖林檎の林を保護している。そして所々に煉瓦《れんが》造りの小屋があり、煙突《えんとつ》からは細い煙《けむり》が上がっていた。林を守る兵士が、一年を通して常駐《じょうちゅう》しているのだ。

アンは立ち止まり、ぐるりと林を見回している。目には、喜びがあふれている。

普通《ふつう》の女の子ならばドレスや宝石や、そんなものを見て喜ぶだろうに、アンは冬枯《ふゆが》れた砂糖林檎の林の真ん中に突《つ》っ立って目を輝《かがや》かせている。

少々変わり者ではあるが、それでも背の低い砂糖林檎の木と背丈《せたけ》の変わらない彼女を遠く見ると、華奢《きゃしゃ》で愛らしい。子犬や子猫《こねこ》のようだ。なのに。

──時々、アンを見ているとどうしようもなく不安になって、焦《あせ》ってしまう。

ぼんやりと考えていると、背後から首に腕《うで》が回されぐっとしめられる。

「なに見てんだ？」

キースの首に腕を回して、のしかかるように背後に立っているのはステラだった。

「ステラ。やめてください、苦しいですよ」

「ライバルなんだろ？　アンと。前回の砂糖菓子《がし》品評会のこと、色々聞いてるよ」

「あなたも出られればよかったですよね、ステラ」

「風邪《かぜ》を引き込んでたから、無理だったね。毎年あんな寒い時季にやるのが悪いよ」

砂糖菓子品評会の前後、ステラは必ず体調を崩《くず》すのだ。季節の変化と関係あるらしいが、不運としか言いようがない。

「秋は別に寒くないですけど」

「そんなことは、いいよ。それよりおまえ、さっき。俺よりアンの肩《かた》もってってどういうこと？」

「さっきのは、あなたが言いがかりみたいなことを言うから。正しい方に味方しただけです」

「相変わらず、おきれい」

ステラは腕をほどくとキースの目を覗《のぞ》きこむ。そしてちょっと目を見開く。灰色の瞳《ひとみ》に面白《おもしろ》がるような色が浮《う》かぶ。

「へぇ、でも意外。隠《かく》せないね、それ」

ふふっと、ステラは笑ってキースの肩を軽く叩《たた》いた。

「キースがそんな目をしてるの、初めて見ちゃったな。お上品で可愛《かわい》いだけだったのに、どうしちゃったの、おまえ。すごく物欲しそう」

「それはどういう意味ですか」

彼の言葉の意味がわからなかった。ただしその言葉に含《ふく》まれるあなどりの響《ひび》きだけは理解できる。むっとして問い返すと、ステラは肩をすくめた。

「別にぃ、言葉通りの意味。アンを自分のものにしたくなった？」

その下世話で直接的な言葉使いに、かっと恥ずかしくなる。

「僕は彼女の存在に不安になるし、焦りも感じます。認めます。でもそれは同じ職人として当然で、彼女と同じ場所にいられるように努力を続けたいと思わせてくれる。そんな存在です。それだけなんです。変な勘《かん》ぐりはやめてください。先に行きます」

キースはステラに背を向けると、むっとしながら雪を蹴上《けあ》げるようにして歩き出した。

——なにを言ってるんだ、あの人は。


ルルは職人たちを、馬車が止まった近くにある煉瓦造りの小屋に案内した。

根雪は膝《ひざ》辺りまでありそうだったが、固くしまっている。根雪の上に降った新しい雪があるので足首までは雪に埋《う》もれるのだが、それを蹴上げるようにして進んだ。

まばゆい明るさの中で、息が白く散る。

寒さを感じない妖精《ようせい》のルルは、見ているだけで震《ふる》えが来そうな薄《うす》いドレス姿だ。雪にもほとんど足を取られないのは、妖精の体重が人間の二割程度軽いからだろう。薄い白のドレスでふわふわと歩く妖精の後ろ姿は、不格好にえっちらおっちら歩くアンと比べれば、とても優雅《ゆうが》だった。背に流れる羽はほとんど色がなく、太陽の光に透《す》けると、うっすらと黄色みをおびる。

シャルはサリムとともに、アンたちの後ろからついてくる。

ルルは小屋に到着すると、ヒューに向かって命じた。

「扉を開けよ」

ヒューは腰《こし》にある鍵《かぎ》束のなかの一本を使い、木製の扉につけられていた錠前《じょうまえ》を外す。

扉が開いた。中は日射《ひざ》しがないだけに冷え切って、土の香《かお》りがした。石を敷《し》いた床《ゆか》の上には、樽《たる》がいくつも並んでいた。

「さあ、中に入れ。そして樽の蓋《ふた》を開けて見よ」

ルルの言葉に、職人たちは小屋の中に踏《ふ》みこんだ。樽になにが入っているのか、説明もない。まさか恐《おそ》ろしいものは入っていないだろうとは思うが、それでもおそるおそる、アンは蓋を開けた。中には液体が入っていた。真っ青な、藍色《あいいろ》に近い濃《こ》い色の青だ。

すこし離《はな》れたところでキースも樽の蓋を開けていたが、彼の開いた樽の中身は、黒に見えるほど濃い赤の液体。さらにその向こう側で蓋を開けたエリオットの樽の中身は、茶に見えるほど濃い黄色。ステラは赤。キレーンは青。それぞれ開いた樽の中には色水が満たされている。

職人たちは戸惑《とまど》いながら、ルルを見やった。

「これはなんですか？　ルル」

キレーンが訊《き》くと、ルルは小屋の中に入ってきた。そしてアンの隣《となり》に立つ。

「春告げの花を知っているか？」

春告げの花は春の野原に群生する、肉の薄い花弁と細い茎《くき》をもつ、頼《たよ》りない風情《ふぜい》の草花だ。

やわやわした花なのだが、花弁の色は赤、黄、青と鮮《あざ》やかな色で、この色で野原が満たされると庶民《しょみん》は春を感じる。

「これは春告げの花弁を集めて、煮《に》出したものだ。この水を、収穫《しゅうかく》が終わった直後から砂糖林檎の木の根元に、一年間与《あた》え続ける。冬も春も夏も、ずっとだ。今はその仕事は銀砂糖子爵《ししゃく》の管理のもと、ここを守る兵士がしていると聞いたが、我々にはそれを仕事としている仲間がいた。色の妖精と呼ばれていた。そして秋になれば、砂糖林檎を収穫する」

ルルはそっと、ドレスのスリットに手を伸《の》ばした。裾《すそ》の内側から何かを摑《つか》みだしたようだったが、室内の薄暗《うすぐら》さのためによく見えなかった。だが一瞬《いっしゅん》だけ、出入り口から射《さ》しこむ光を反射して、彼女の手にある物がちかりと光った。

「青の春告げの水を一年与えられた砂糖林檎は、精製すると鮮やかな青い色の銀砂糖になる」

アンは驚《おどろ》いて樽の中の液体を見おろした。

「青い銀砂糖？」

「そうだ。赤を与えれば、赤色。黄を与えれば、黄色。銀砂糖そのものが鮮やかな色を持つ。君たちならば知っておろう、どんな色でも赤、青、黄があれば作れるのだ。色粉は、凄《すさ》まじく色の種類がある。なぜかわかるか？　色粉を混ぜるのは、煎《せん》じ詰《つ》めれば銀砂糖に異物を混ぜる行為《こうい》だ。混ぜすぎれば色は濁《にご》るし、思うような色が得られない。そこで色粉の数を多くして、理想の色に近づけようとしているのだ。だが銀砂糖そのものが鮮やかな色であれば、色が濁ることはない。銀砂糖の配合によって、どんな色も作れる」

銀砂糖そのものが、色を持つ。そんなことは考えたこともなかった。

銀砂糖は白いもの。色は後からつけるもの。けれどルルが言うように、それは銀砂糖に混ぜ物をする行為だ。そんな基本的なことに、気がつきもしなかった。

──銀砂糖に色を与える。

静かな興奮に震えがくる。職人たちも春告げの色を見おろしながら、目が輝く。貪欲《どんよく》な輝きだ。自分たちの知らなかったことが、目の前に突きつけられている。

それなりの技術を習得し自信もあり、自分たちの知らないことはないと、職人たちは思っていただろう。実際、人間の持つ砂糖菓子の知識を、彼ら以上に知っている者はいないし、彼ら以上の技術を持つ者もいない。だがそれが限界ではないのだ。

人間の知らない技術、知識が存在する。もっと新しいものを得られる。それは職人として、さらに成長することだ。限界だと思っていた職人としての伸びしろが広がる。

「……青い銀砂糖……赤、黄……。そんなこと、誰《だれ》が思いついたんだ」

ステラが確認《かくにん》するように、ルルに視線を向ける。ルルは、厳《おごそ》かに答えた。

「妖精だ」

神の言葉の代弁者のように、その言葉は重かった。飾《かざ》り一つない事実だけがそこにある。

キースは液体を見おろしながら、苦笑いしていた。

「あれの応用かな。白い花を色水に差して、色をつける実験。学生の頃《ころ》にやったことがある」

「混ぜ物、ねぇ。たしかに、混ぜ物だよね」

エリオットは赤毛頭をくしゃくしゃ掻いた。

「すばらしい」

キレーンはただ、賞賛した。

職人たちの静かな興奮を、ルルは無表情に眺《なが》めていた。そして。

「人間は、本質を見ないのだ」

冷然と言い放ったルルの手が、ぐいとアンの二の腕《うで》を引いた。あっと思うまもなくアンはルルの胸に抱《だ》き寄せられており、首に砂糖菓子《がし》の作業用の切り出しナイフが突《つ》きつけられていた。

「え……？　ルル？」

わけがわからないアンに、ルルは優《やさ》しく言った。

「悪いな、アン。すこしばかり人質《ひとじち》になってくれ」

「ルル!?」

ヒューが一歩踏み出しかけ、サリムとシャルが身構える。

「全員、動くな」

ルルの鋭《するど》い声に、全員の動きが止まった。

「なんのつもりだ。ルル」

ヒューは落ち着いていた。問う声も静かだ。

「五百年も人間に仕えてやったのだ。そろそろ、暇《ひま》をもらってもよかろうと思うのだがな」

「忘れているのか？　あなたの羽は、王妃《おうひ》様が管理している。逃《に》げ出してもすぐに殺される」

「忘れはせんよ。だがな……ここまで来れば、羽を引《ひ》き裂《さ》かれて消えようが、このまま待とうが同じではないか？　それならば、自由を手に入れたいのだよ。一時でもな」

ルルはアンを連れて、じりじりと小屋の出入り口に移動した。ルルの言葉に痛みを感じたかのように、ヒューはわずかに眉根《まゆね》を寄せる。

「よせ。アンをはなせ、ルル」

シャルは身構え低く言う。ルルはふっと笑った。

「一緒《いっしょ》に来てくれるか？　シャル。君の力があれば遠くまで逃げられる。そのために今日、わざわざ君を同行させるように頼《たの》んだのだ。わたしは最後に自由が欲しいだけだ。協力してくれ」

シャルは眉《まゆ》をひそめた。

「おまえは今、最後と言ったのか？　ルル」

五章　消えゆくつなぎとめる力

シャルの問いに、ルルはしまったと言いたげに顔をしかめた。

ふっとルルの力が緩《ゆる》んだ。しかしもともと、アンを縛《いまし》める力もナイフを突きつける力も大したことはなかったのだ。アンの力ですら、簡単にふりほどけるほど弱々しかった。

「まったく。忌々《いまいま》しい……逃げる力もないか……」

ルルの手からナイフが落ち、石の床で高い音を響《ひび》かせた。ルルはアンにすがりつくようにして、ずるずるとその場に倒《たお》れこんでいた。ルルは気を失っていた。

ヒューは急いでルルを馬車に乗せ、職人たちとともに王城に帰還《きかん》した。馬車で揺《ゆ》られる間中、アンはルルの体を支えていた。彼女は目を覚まさなかった。力のない軽い体を感じると、ノアを思い出す。主人の言いつけを守り、ずっと食べることを拒否《きよひ》していたノアは、形を保つ力が弱まり消えかかっていた。その時のノアの様子と、今のルルの様子はよく似ていた。

繭《まゆ》の塔《とう》まで、シャルがルルを抱《だ》き上げた。彼女の住む部屋は塔の三層目にあり、そこのベッドに横たえられた彼女を、職人たちは見守っていた。既《すで》に、日が傾《かたむ》きかけていた。

「今日は、もう仕事は無理だ。天守に引きあげろ」

ぐったりとしているルルを見おろして、ヒューが職人たちに命じた。

「この人が寝込《ね》んだのをきっかけに、継承者《けいしょう》をつくることが決まったと言ってましたよね、子爵。この人、まだ具合が悪いんですか？　そんな奴《やつ》が、俺たちになにか教えられるんですかね」

迷惑《めいわく》そうにステラが眉をひそめると、ヒューは苦い顔をした。

「まあ……なにがあっても、彼女はおまえたちに教える。それが義務だ。おまえたちは帰れ」

歯切れの悪い言葉に、アンは直感した。

──ヒューはなにか隠《かく》してる。

「何をぼんやりしてる。アンも、行け」

ヒューに促《うなが》され、アンも歩き出そうとしたときだった。

「……待て。アン。詫《わ》びを」

細いルルの声が聞こえて、アンは足を止めた。ようやくルルの意識が戻《もど》ったらしい。

どうしたものかとヒューの顔を見ると、彼はルルのそばに来いというように頷《うなず》いた。

職人たちはそのまま階段を下りていったが、シャルだけは階段の降り口辺りにとどまった。

アンはベッドの脇《わき》に戻ると、そこにしゃがみこんだ。透《す》けて消えそうなほど白いルルの顔を見ると、胸が痛んだ。

「悪かった、アン。怖《こわ》い思いをさせたな」

「ぜんぜん、怖くありませんでした」

正直に言うと、ルルは苦い顔をした。

「困る、それでは。ちょっとは怖がってもらわなくては、話にならん」

「どうしてこんなに弱っているんですか？　わたし砂糖菓子を作りますから。ルルほど凄《すご》いものは作れないだろうけれど、それでもすこしは元気になれると思います。それを食べれば」

ノアの消えかかっていた命でさえ、砂糖菓子でつなぎとめられたのだ。ルルも砂糖菓子を食べれば、それなりに回復するのではないかと思えた。だがルルは首を振《ふ》った。

「いらんよ。必要ない」

「どうしてですか？」

「必要ないからだよ」

強く言い切った。それからルルは、自分を見おろすヒューの厳しい顔を見あげる。

「銀砂糖子爵《ししゃく》。逃亡《とうぼう》を試みたわたしをどう処分する？」

「処分はしない。王妃様に報告もしない。あなたがちゃんと、五人の職人を指導してくれるならな。その約束さえ守ってくれれば、俺は大概《たいがい》のことは大目に見る」

「さすがだな。砂糖菓子のことが一番で、それ以外は大勢に影響《えいきょう》なければどうでもよいのか」

「そうだ。俺は銀砂糖子爵だからな。しかし我が師。ほんとうに逃げ出すつもりだったのか？　それとも、なにかのポーズか？　逃げ切れないことくらいわかるだろ」

「本気だったよ。ずっとずっと、ああやって逃げ出すことばかり考えていたからな、やってみ

「……どういうことですか？　ルル。銀砂糖子爵……」

静かに責めるような声がした。

声のした方を、アンとヒューは同時にふり返った。螺旋《らせん》階段の降り口に立っていたシャルがわずかに体をずらすと、マルグリット王妃が階段をのぼってきた。

王妃は怒《おこ》ったような顔で、ゆっくりとルルに近づいてくる。

アンが場所を空けると、王妃はアンがいた場所に膝《ひざ》をついてルルの手を握《にぎ》った。

「ルル。どういうことなのです。あなたが砂糖林檎《りんご》の林を見に行って、倒れたと銀砂糖子爵から伝言を聞きました。あなたは回復したのではないのですか？　あなたはなにか、私に隠していますね。教えてください。私は不安でどうしようもないのです」

顔は怒っているのに、王妃の声は涙声《なみだごえ》だった。するとルルは、枕《まくら》の上で顔を背《そむ》けてぞんざいに王妃の手を払《はら》った。

「ああ、もう。面倒《めんどう》だ。この泣き虫を相手にするのは。銀砂糖子爵、君が説明しろ。うるさいから皆《みな》、下に行け。わたしは寝る」

「ルル！」

「うるさい！　行け！」

顔を背けたまま怒鳴《どな》り返したルルに、王妃は頬《ほお》をぶたれたような顔で口を閉じた。ヒューがそっと王妃の肩《かた》に手を触《ふ》れた。

「王妃様、階下へ。説明いたします」

ヒューはアンとシャル、王妃を促して階下へ下りた。

銀砂糖の甘い香《かお》りが強い作業場で、ヒューはアンとシャルに、天守に帰れと命じた。アンはシャルとともに螺旋階段を下りかけたが、半分まで階段を下りたところでシャルに腕を引っ張られた。ふり返ると、シャルは静かにしろというように唇《くちびる》に人差し指を当て、目顔で上階を示した。

王妃の声が聞こえた。

「説明してください。銀砂糖子爵。ルルのあの状態は、なんなのですか」

立ち聞きはよくないことだと思いながらも、ルルのほんとうの状態を知りたくて動けなかった。アンはそっと作業場を覗《のぞ》いた。王妃《おうひ》がこちらに背を向け、ヒューと対峙《たいじ》していた。

「寿命《じゅみょう》です」

ため息混じりに、ヒューは告げた。

その言葉にぎくりとなり、シャルを振り仰《あお》いだ。シャルは眉根を寄せている。

「大樹から生まれたルルの寿命は長い。だが最も長くて千年程度だとも、ルルから聞きました。彼女は百年ほど前から、自分の力が弱くなっていると感じていたそうです。四ヶ月前倒れたとき、彼女は自分の死期が近いと悟《さと》った。よくて半年しかもたないだろうと。彼女はわたしにそれを告げました。そこでわたしは、国王陛下に進言したのです。妖精《ようせい》の砂糖菓子《がし》の技術の後継《こうけい》者《しゃ》をもっとつくるべきだと。彼女は弱っていましたが、後継者をつくることには同意してくれました。そのかわり彼女の望みは最大限叶《かな》えると約束した」

「ルルが倒れて、もう四ヶ月以上経《た》っているのですよ」

「そうです。彼女の余命はあと、一、二ヶ月」

――一、二ヶ月⁉

強く頭を揺すぶられたような気がする。

思い出すのは、ノックスベリー村の医者が、倒れたエマを診察《しんさつ》した後、家の外へアンを呼んで語った言葉だ。「お母さんはあと半年の命ですよ」と、医者は言った。その時はあまりのことに現実味がなく、ぽかんとしてしまった。そしてすぐに全身が冷たくなった。

――一、二ヶ月？　そんな……目の前？　なんて、ひどい。

「私に相談もなく、決めたのですか。そして隠していたのですか。そのような大事なことを」

「はい」

途端《とたん》だった。ぴしゃりと王妃の手が、ヒューの頬をひっぱたいた。

「銀砂糖妖精に関してすべてを任されている私を差し置いて、なぜ勝手な真似《まね》をするのです！　臣下としてはあってはならないことです！　報告をしなさい！」

頬を殴《なぐ》られてもヒューは王妃から視線をそらさず、まっすぐ彼女を見据《みす》える。

「臣下としてはあってはならない。だがあなたには知らせずに、事を運ぶことを我が師は望んだ。俺にとって彼女は師だ。五百年もこんな場所にいて銀砂糖ばかり触れていた妖精の、最後の望みだ。弟子《でし》らしく師の望みは、支障がない限り叶える」

「なぜ私に知らせるなと!?」

「ルルは、あなたがそうやって感情的になるのがわかっていたからだ」

「感情的に!? 私が、いつ」

「……泣いているだろ」

静かなヒューの指摘《してき》に、王妃の背がびくりと震《ふる》えた。

「十七歳で陛下に嫁《とつ》いだあなたが、どれほど苦労したか俺は知らない。けれど十七歳の時、聡《そう》明《めい》だが、内気で恥《は》ずかしがり屋だったあなたが、十年後再会したときには凛《りん》とした王妃になっていた。王城は、気が休まるところではない。油断ならない。誰《だれ》にも本心は見せられない。だが唯一《ゆいいつ》、王城の駆《か》け引きと無縁《むえん》の存在がいる。王城の中心に匿《かくま》われている銀砂糖妖精だ。彼女を任されたあなたが、彼女とどんな会話をして、どんな時間を過ごしたか想像できる。ルルは、あなたに泣かれるのが嫌《いや》だったんだ。知っているだろう、あの人の気性《きしょう》は」

王妃はうつむき、肩が震える。

「マルグリット」

慰《なぐさ》めるように名前を呼ばれると、王妃はきっと顔をあげた。

「そんな哀《あわ》れむような目で私を見るのは、許しません。私は国王陛下の妃《きさき》なのです」

「とにかく。ルルには後継者の指導を引き続きお願いする」

「あなたはひどい人ですね、ヒュー。あんなに弱っているルルに」

「妖精が培《つちか》った技術が消えることの方が、ひどいことだ。妖精にとっても、人間にとってもな」

銀砂糖子爵らしい、冷たい声だった。

——あと一、二ヶ月。

ヒューと王妃の会話を立ち聞きした後、シャルはアンを促《うなが》して繭《まゆ》の塔《とう》を出た。アンはルルの寿命に衝撃《しょうげき》を受けたらしく、沈《しず》んだ表情で天守に向かって歩いていた。ひとことも喋《しゃべ》らない。

シャルも少なからず衝撃を受けたが、意外ではなかった。

大樹から生まれた妖精は、数百年から千年生きることも可能と言われる。しかし既《すで》にルルは六百歳。個体差はあるにしろ、死期が来ても不思議はない。

リゼルバが未来を託《たく》したシャルに「ただ会いたい」と願ったルルの思いが、やっと納得《なっとく》できる。寿命を意識した彼女は、色々と気になることを確かめたくなったのだろう。

繭の塔からまっすぐに続く石畳《いしだたみ》を抜《ぬ》け天守廊下《ろうか》に踏《ふ》みこむと、アンがいきなりシャルの上衣《うわぎ》を摑《つか》んだ。立ち止まって見おろすと、アンはうつむいていた。つむじしか見えない。

「ねえ、シャル……。シャルは、ルルのことは好き？」

ルルの境遇《きょうぐう》には仲間として心が痛む。彼女自身は、嫌な人物ではない。しかしなにしろ出会ってまだ二日だ。好きも嫌《きら》いもない。

「嫌いではない」

とりあえず答えると、アンはさらにぎゅっと、上衣を強く握った。

「ルルは、シャルのこと好きみたい。ルルはシャルの恋人《こいびと》になれる？」

「ルルが？」

昨日はルルと長い時間を過ごしたが、これっぽっちもそんなそぶりはなかった。

「訊《き》いてくれって、言われたの。ルルに。シャルはルルの恋人になれるか、って」

「おまえはどう思う」

「どうって。これはルルとシャルの気持ちの問題だから。わたしには関係ないから」

「関係ない？　関係ないとは、どういう意味だ」

詰問《きつもん》するような口調になったが、アンは顔をあげようとしない。

「だって、当然だもの。シャルとルルのことだもの。わたしはなにも言う権利なんてない」

アンの言葉は、淡々《たんたん》としているように聞こえた。表情が見えない。

——アンには関係のないこと。当然、か。その通りだ。

「ルルは、シャルの恋人になれる？」

「……そうなって欲しいのか？」

訊いた瞬間《しゅんかん》、ぴくりとアンの肩が震えた。そしてこくりと頷《うなず》いた。アンの望みなら、シャルは何でも叶えたい。しかしアンが頷くと、彼女のそばいることが急に苦しくなる。

「それがおまえの望みなら……わかった。恋人になれるか、なれないか。試《ため》してこよう」

言うなりシャルは、身を翻《ひるがえ》した。上衣をしっかり握《にぎ》っていたアンの手が、するりと離《はな》れた。

再び繭の塔へ向かうシャルのブーツの音を聞きながら、アンは顔をあげられなかった。

――泣くな。泣くな。

何度も心の中で繰《く》り返すが、胸の奥からシャルの名前を呼ぶ自分の声が聞こえる。そのせめぎ合いがどうしようもなく、胸の中をかき乱す。

――ルルの望み。これはルルの望み。

ルルの余命が一、二ヶ月と知った瞬間から、エマが死ぬまでの半年間ずっとベッドに横になっていた姿が頭に浮《う》かんで離れなくなった。

エマが死んだとき、アンはあの半年が悔《くや》しくて仕方がなかった。自分にもっと力があれば、あの半年間、エマにもっと楽しい思い出を作ってあげられたのにと自分を責めた。

ルルの命はさらに短い。命の期限は目の前。

ルルは妖精だ。砂糖菓子を食べてくれれば彼女の寿命はもっと延びるかもしれないのに、彼女は先刻、アンの提案を拒否《きょひ》した。きっぱりと迷いなく。それはノアの姿と重なる。ルルは生きたいと、心から望んでいない気がした。どこか疲《つか》れ切ってしまったような雰囲気《ふんいき》がある。

五百年も人間に捕《と》らえられているあの妖精が望むことは、なんでも叶えてあげたい。

ルルは、シャルを恋人にしてもいいと言った。もしルルがシャルという恋人を得られたならば、それは生きたい気持ちにつながるだろう。彼女は砂糖菓子を食べて、寿命を延ばすことに同意してくれるかもしれない。そしてそれによってシャルも伴侶《はんりょ》を得られる。

すべてうまくいく。

「アン？　どうしたの？」

後ろから声をかけられた。キースだ。しかし振《ふ》り向くことも顔をあげることもできなかった。

「どうしたの？　アン？」

いつもの彼らしい優《やさ》しいいたわりの声とともに、キースはアンの正面に立って顔を覗《のぞ》きこんできた。

「泣いてるの？」

ちがうよ、と顔をあげて笑顔《えがお》で言えればよかったのだが、無理だった。キースの手がアンの両肩《りょうかた》に触《ふ》れ、ためらいがちにそっと自分の方へ引き寄せた。

「どうしたの？　なにがあったか知らないけど、泣きたい時は泣いていいんじゃないかな？」

言われた途端、どっと涙《なみだ》があふれた。肩《かた》が震える。

アンはシャルとルルが恋人同士になることを願っている。望んでいることのはずなのに、胸をかきむしりたくなるほど苦しいのだ。気持ちが乱れて、どうしようもない。

「アン。泣いていいよ」

キースに強く抱《だ》きしめられても、それすら意識できていなかった。


泣いているアンは、いつものアンと違《ちが》って見えた。いつものように何処《どこ》かへさっさと歩き去りそうな気がしなかった。そのことが安心感になったのか、キースの中にあった焦《あせ》りが、溶《と》けるように消えていくのを感じた。

泣いているのが可哀相《かわいそう》で、思わず抱きしめた。そうやって抱きしめると、彼女の体の温かさと、男性とは違う女の子らしい骨の細さを感じた。するとさらに強く抱きしめていた。アンは抵抗《ていこう》しなかった。彼女の髪《かみ》に顔を埋《うず》めるようにしていると、銀砂糖の香《かお》りがする。甘い香りだ。

「アン。泣いていいよ」

囁《ささや》くと、アンはさらにひくひくと泣き出す。胸の中に、甘く柔《やわ》らかな感情があふれる。

——この子を、僕のものにしたい。

生まれて初めて、キースは男としての強い衝動《しょうどう》を感じた。

ライバルで同じ位置に立ちたいと願う相手だから、キースはアンの言動にいちいち焦ってい た。アンの姿が自分の視界から消えそうで、不安で怖《こわ》かった。アンはライバルであり、ともに競《きそ》い、働く相手だ。だが彼女は紛《まぎ》れもなく女の子で、キースよりもずっと体は細くて肌《はだ》は柔らかい。そのことに気がついた。

——同じ職人だ。けれどアンは、女の子なんだ。

愛《いと》しさが胸の中にあふれる。アンのことを職人としてばかり見ていたから、こんなあたりまえのことに気がつかなかった。

アンが先を歩いて行きそうな不安は、彼女が泣き止めばキースについて回るだろう。けれどそんな不安で焦っている自分は、男としてどうなのだろうか。

女の子であるアンを抱きしめることで、自分の姿をくっきりと認識《にんしき》する。キースは男で、アンより背が高い。力も強い。手も大きい。そんな自分が不安がって焦っているなど、滑稽《こっけい》だ。

不安ならば、不安にならないように努力すればいい。もっと腕《うで》を磨《みが》けばいい。

自分の腕の中で泣く少女は小さくて、頼《たよ》りなくて泣かせたくなかった。この瞬間も抱きしめて彼女の心の中の悲しみを取り除けるなら、そうしてあげたかった。

職人としては、競う相手だ。だが同時に、アンはか弱い女の子で、キースは彼女よりもずっと強い力のある男なのだ。それをはっきりと理解した。

——同じ場所に立って、守っていきたい。アンを、僕のものにしたい。

アンを求める欲求《よっきゅう》は、自分が今まで知っていたどんな欲求よりも強かった。誤魔化《ごまか》すことはできない。射しこむ斜陽《しゃよう》が、アンとキースの影《かげ》を長く廊下に落としていた。

シャルは繭《まゆ》の塔《とう》へ向かった。これはアンの望みだ。そう思えばためらいなくなんでもできる。

だが今、胸の中は苦しくて空《むな》しい。

ヒューも王妃《おうひ》もすでに繭の塔からは出て行ったらしく、ひとけはない。シャルは三層まで螺《ら》旋《せん》階段をあがり、部屋を横切ってルルのベッドまでまっすぐ向かった。

ルルは気持ちよさそうにすやすや眠《ねむ》っていた。急になぜか、彼女が忌々《いまいま》しくなった。シャルはベッドに片膝《かたひざ》を乗せると彼女の上にかがみこんだ。

「起きろ。ルル」

目を開いたルルは、間近にあるシャルの顔にびっくりしたらしく、ぎょっと目をむいた。

「なんだ!?　何事だシャル!?」

「俺がおまえの恋人《こいびと》になれるか、知りたいらしいな」

「……は？」

眉根《まゆね》を寄せたルルにかまわずに、シャルはルルの顎《あご》に手をかけた。

「出会って二日では、なにもわからん。色々試してみる」

「ま、待てっ!!　思い出した！　アンをからかった、あれだな!?　もしやアンが、君に直接訊いたのか？　わたしが君を恋人にしたがっているとかなんとか？」

ルルは慌《あわ》てた様子で、シャルの肩を両手で押し戻《もど》した。

「きっちり、アンから伝言は聞いた。試すぞ」

「馬鹿《ばか》者！　そんなしらけた顔で、試すのなんのと情緒《じようちよ》のないことを言うな！　君がわたしに怒《おこ》っているのは、よくわかる！」

言われてシャルはようやく気がついた。ルルが忌々しくて、彼女に苛々《いらいら》して怒っているのはなぜだろうか。

「あれはアンをからかったのだ！　あの子があまりにも乙女《おとめ》乙女《おとめ》したことを言うので、つい。とにかく離《はな》れろ。その気がなくとも、君の顔が間近にあるのは落ち着かん」

シャルは体を起こした。ルルはほっと息をついて、ゆっくりとベッドの上に起き上がった。

乱れた髪をすきながら、苦笑いする。

「すまないな。あの子がそれほど単純だとは。君を恋人になぞしたいと思わんよ。なにしろもう六百歳だ。愛だの恋《こい》だのと、そういった生々しい気分はとんと失《う》せた。しかし」

ルルは意味深にシャルを見あげた。

「アンからそれを聞かされて怒ったところを見ると、君もアンを憎《にく》からず思ってるな」

「なんだと？」

「アンから、わたしの恋人になったらどうかと言われて怒るのは、アンに惚《ほ》れておるからにちがいないだろう」

ぴんと来ずに眉根を寄せた。するとルルは呆《あき》れたような顔になる。

「わからんか？　君はアンのそばにいたくて、どうしようもないだろう。自分のそばに引き寄せたいような、荒々《あらあら》しく、切迫《せっぱく》した気持ちにならんか？」

答えられなかった。その通りだからだ。沈黙《ちんもく》を肯定《こうてい》と理解したらしく、ルルは続けた。

「それを恋というのだよ。君はアンに恋している」

──恋⁉

呆然《ぼうぜん》とした。

──まさか、かかしに恋……。

愛しくて離れがたくて、触れたくてたまらない。アンに対するその感情が、リズに対する感情と違うことには気がついていた。その特別な感情が恋という名前なのだとはじめて知る。

「どうしたシャル・フェン・シャル。顔がすこし赤いぞ」

ルルがにやりと笑った。むっとしたが、なにも言い返す言葉が見つからなかった。シャルはそのままルルのベッドの端《はし》に腰掛《こしか》けた。

「よいではないか。恋をしろ。恋して楽しみ浮《う》かれて、苦しめ」

「あいつは……人間だ」

「それがどうした」

「あいつを不幸にする」

その答えにルルはきょとんとした後に、大きな声で笑った。

「馬鹿だな君は！　一方的な恋なら相手は不幸であろうが、思い合っていれば不幸になどならん」

「思い合っていても、妖精《ようせい》と人間だ。命の長さが違う、なにもかも違う。もし俺があいつと愛し合っても、あいつは俺の慰《なぐさ》めの相手で生涯《しょうがい》を終える。人間として何も残せない」

「だから馬鹿者だというのだ、君は。何も残せないことなどない。生きた証《あかし》は、色々な形で残る。その人間のやったことの結果、作ったもの、その者が人々と過ごした日々の記憶《きおく》。色々な形で残る。命の長さなど、取るに足りぬ問題だ」

「なぜそう言い切れる」

「考えてみろ。同じ妖精でも、わたしとリゼルバ様は、これほどに生きる時間が違ってしまった。能力で言えば、わたしよりもリゼルバ様の方が長生きのはずなのにな。人間でもそうだろう。同じ時間を生きられると思っていても、病や事故で一方の命が尽《つ》きることはざらにある。

君が言っていることはな、伴侶《はんりょ》となる相手が将来病を得るかもしれぬ、事故に遭《あ》うかもしれぬから、伴侶としてふさわしくないと言っているようなものだ」

「詭弁《きべん》くさいな」

「詭弁かもしれん。だがな、生き物が生きていて大切なことは、どれほど幸福な時間や記憶を得られるかだ。様々なことを恐《おそ》れ、心配して、それを手放すのは愚《ぐ》の骨頂《こっちょう》。まあ、しかし。大前提としてお互《たが》いが思い合っていて、伴侶となり幸福な記憶を持てればの話なのだがな」

アンがシャルのことを嫌《きら》いでないのは確かだ。だが頼りになる友人の範囲《はんい》を超《こ》える思いがあるのだろうか。さっきもシャルが、ルルの恋人になって欲しいのかと問うと、アンは頷《うなず》いた。

恋する相手が他《ほか》の女の恋人になって欲しいとは言わないだろう。しかしアンのことだ。ルルの言葉を真に受けて、ルルのためにと気持ちを押し殺すことも考えられる。

——あいつはどう思っている？

はじめて、アンの思いが気になった。彼女の恋心《こいごころ》は誰《だれ》の方を向いているのだろうか。

そもそも砂糖菓子《がし》にばかり気を取られている彼女に、そんな思いが生まれるのだろうか。

「恐れるな。相手に触《ふ》れ、心を確かめろ。恋しあえる相手があるならば、余計な心配はするな」

ルルの言葉は、染《し》みこむように胸に馴染《なじ》む。ラファルが告げた予言めいた不幸な未来が、ルルの言葉で打ち消されていくような気さえする。

「遠慮《えんりょ》は無用だシャル。そんな遠慮こそ、互いが不幸になる原因だ。羨《うらや》ましいぞ。わたしの五百年は、真っ白だ。なにもない。身の安全は保証されていたし扱《あつか》いに文句もなかったが、日々が流れるだけだった。それに比べれば、リゼルバ様と過ごした百年は色彩《しきさい》に満ちていたよ。苦しいこともあったが、それすらも思い出せば色彩の一つだ」

あっけらかんと語るルルの言葉に、シャルは久しぶりに、人間への怒《いか》りを強く感じた。

身の安全は保証していても、五百年もこんなところで毎日変わらない生活をさせるのは、拷《ごう》問《もん》だ。長い時間だけに残酷《ざんこく》だ。

「王妃を脅《おど》しておまえの羽を取り戻し、逃《に》がしてやろうか？」

ルルは軽く手を振《ふ》った。

「そんなことをすれば、マルグリットが罰《ばっ》せられるだろうよ」

「おまえの羽を握《にぎ》り管理している人間がどうなろうが、かまわないだろう」

「かまうのだよ困ったことに。あの女は、ここ十年ばかりのいい話し相手でな。愛着があるのだ」

「馬鹿か。そもそも閉じこめられているから、話し相手をありがたがる羽目になっているのに」

「確かにな。だが愛着が生まれてしまったものは、仕方がないだろう」

ルルは柔《やわ》らかな笑顔《えがお》で呟《つぶや》く。

「だが今日の昼間は、逃げ出そうとしたな。あの状況《じょうきょう》で逃げ出せば、銀砂糖子爵《ししゃく》が責任を問われる。それはかまわないのか」

「それはかまわん。奴《やっ》はしたたかだ。わたしが逃げてしまえば、奴が唯一《ゆいいつ》の技術の習得者になる。責任は厳しく問われるだろうが、命は取られんよ」

「羽を置いて逃げれば、すぐに羽を引き裂《さ》かれる。逃げても、よくて数日の命だろう。どうしてあんな真似《まね》をした」

「……どうせもうすぐ消える命だ。すこし冒険《ぼうけん》したくなった。それだけだ」

「砂糖菓子を食べろ。おまえなら最上の砂糖菓子を作り、自分で食べられるだろう」

「そこまでして、寿命《じゅみょう》を延ばしたいとは思わんよ」

「なぜだ」

「いつまで生きていても、わたしの技術も知識も所詮《しょせん》人間に渡《わた》って終わりになる。妖精が育《はぐく》んできたものを、人間に渡して終わるのだ。これ以上生きても、それ以上にはなるまい」

妖精が育ててきた銀砂糖や砂糖菓子が、結局は人間のものになっていくことがルルは悔《くや》しいのだろう。妖精は滅《ほろ》びたわけではないから、なおのこと悔しさも増す。

妖精の育んできたものを妖精に伝えることを、ルルは諦《あきら》めている。この状況では、仕方ない。

けれどそれが、彼女から気力を奪《うば》っている。

――妖精のものは、妖精の手にあるべきだ。

怒りではなく、静かな決意のような思いがシャルの中にふと浮かぶ。

リゼルバの遺志など、誰にもわからない。シャルと二つの兄弟石が、彼に何を託《たく》されたかもわからない。けれどももし、妖精にとって大切なことがあるとすれば、それは人間と戦うことではないかもしれない。

妖精のものが妖精の手に受け継《つ》がれる。それは戦うよりも、大切に思える。

「難しい顔だなシャル。君には色々と、考えることが多そうだ。考えがまとまるまで、静かな場所にでもこもっていろ。ここの最上階など、うってつけだぞ」

こんな状態でアンのそばにいたとしても、自分は気持ちが乱れて、何を言うか何をするかわからない。

ルルの言葉とラファルの言葉を、自分の中で消化する必要がある。そして目の前に横たわる、絶望した銀砂糖妖精と、自分に未来を託した妖精王の遺志と、自分の思いとを、考える必要がある。考えることを先延ばしにするのは、もう限界なのかもしれない。

「しばらく、ここにいてもいいか？」

「かまわんよ。マルグリットも銀砂糖子爵も時々しか顔を出さぬし、君の姿を見たからといって何を言うわけでもない。ま、そんな話は置いといて。あそこにいるのは君の知り合いか？」

ルルが指さした螺旋《らせん》階段辺りに目を移すと、そこにはわなわなと震《ふる》えながらミスリル・リッド・ポッドが立っていた。

――あの馬鹿《ばか》！

不法侵入《しんにゅう》者であるミスリルがこんなところにのこのこ出てきたのを、怒鳴《どな》りつけたくなった。が、ここで騒《さわ》ぎ立てれば、さらに大騒動《おおそうどう》になりそうだった。

「ミスリル・リッド・ポッド。どうしてここにいる」

「俺様は窓から見てたんだ。そしたらおまえとアンが、なんか妙《みょう》な雰囲気《ふんいき》だし。おまえは行っちゃうし。おかしいと思って見に行ったら、アンは泣いてるし」

どうしてアンが泣くのだろうか。不思議だったが、とりあえず今は、ミスリルをなんとかしなければならない。

「ミスリル・リッド・ポッド。いいか、今すぐ部屋に帰れ。意味はわかるな？」

つとめて静かに命じたが、ミスリルは逆に、たがが外れたように怒鳴りはじめた。

「俺様を部屋に追い返して、なにする気だ！　見損《みそこ》なったぞ！　シャル・フェン・シャル！　アンを押し倒《たお》した翌日に、こんな美人と密会を！　単なるスケベ心でも、押し倒したからにはそれなりの責任を持つかと思っていたのに！　なんて奴だ！」

あまりと言えばあまりな発言に、めまいが起きそうだった。

「誰が誰を押し倒した？」

「おまえがアンを押し倒してた！　俺様は見たぞ！　しっかりこの目で！」

「ほぉ、やるな。シャル。わたしが助言をするまでもないか」

本気で感心しているらしいルルの言葉に、シャルは額を押さえた。どこをどう、誰に説明するべきか。考えるだけで嫌気《いやけ》がさした。

泣くことで、乱れた気持ちがすこしずつ落ち着いた。

シャルがルルのところへ行った。そのことが一瞬《いっしゅん》、嵐《あらし》のように胸の中を引っかき回したが、逆にその事実があるからこそ、きっぱりとしたあきらめが生まれてきた。

五百年も捕《と》らえられているルルのために、なにかしたい。彼女を縛《しば》り続けているのが人間であるなら、アンは同じ人間として何かするべきなのだ。

ルルは自由を求め、それでも得られず、アンたち職人に技術を教える義務だけを課されている。その彼女がシャルを恋人《こいびと》にと望むなら、シャルさえよければ彼女の恋人になるべきだ。

——泣くなんて、馬鹿だ。これはいいことなのに。

シャルがルルの生きる希望になれれば、ルルはまだ命を延ばせる。

涙《なみだ》がとまると、キースがあやすように訊《き》いてくれた。

「大丈夫《だいじょうぶ》？　アン」

「……うん」

答えてから、ぎくりとなった。自分はキースの腕《うで》の中に抱《だ》きしめられている。温かい。柔らかな彼のタイが目の前にある。慌《あわ》てて背後に飛び退《の》いて、あたふたした。

「あ、ご、ごめん！　キース！　タイ汚《よご》れてない!?」

「汚れてないし、あやまらないでいいよ。話したくないならいいけど、原因はシャル？」

「ちがう、わたしが馬鹿なだけなの……ルルの寿命が」

驚《おどろ》いたようにキースは問い返した。

「寿命？　ルルの具合が悪そうなのは、あれは寿命なの？」

しまったと思ったが、勘《かん》のよいキースには誤魔化《ごまか》しもききそうになかった。アンは頷《うなず》いた。

「あと、一、二ヶ月だって」

「そんな……」

絶句したキースを、アンはしっかりと見あげる。

「ねぇ、キース。ルルに砂糖菓子《がし》を作ってあげない？　そうすれば彼女は、寿命が延びる」

「その話、どこで訊いた？　アン」

背後の薄闇《うすやみ》から声がした。ぎくりとふり返ると天守の廊下《ろうか》の奥から、ヒューがゆっくりと歩み出てきた。彼の視線は鋭《するど》く、いつもの親切で優《やさ》しいヒューとは、あきらかに雰囲気が違《ちが》った。

「それは……」

口ごもった。するとキースが、食ってかかるような勢いでヒューに訊いた。

「ほんとうなんですか、ルルの余命が一、二ヶ月というのは」

「ほんとうだ。おまえたちには関係ない話だから、あえて知らせなかったが。王妃様《おうひ》が知った今、別段隠《かく》す必要もないことだ」

「関係ないなんて、なんで言えるの？　わたしたちが教えを請《こ》う人の余命を」

思わず声が高くなったアンに、ヒューは無表情に答えた。

「アン。おまえのような考えの人間は、特別だ。おまえ以外の四人の職人が、使役《しえき》する者と見ている妖精《ようせい》のためになにかするか？」

「妖精でも僕たちの師です。僕たちがどう考えるかなんて、勝手に決めないでください」

キースが挑《いど》むように言った。ヒューは肩《かた》をすくめた。

「ならば残りの三人にもルルの余命を知らせろ。話し合いでもしてみろ。五人でな」

「わかりました」

キースが頷くと、ヒューはいきなりアンの腕を取った。

「キースは上の部屋に行け。アンには、訊きたいことがある」

ヒューはぐいぐいアンの腕を引くと、廊下の暗がりに連れて行った。使われていない部屋の扉《とびら》を開け、そこに入ると扉を閉めた。空っぽの石の部屋には、夕暮れの光だけが満ちていた。

空気が冷たい。踏《ふ》みしめている石の床《ゆか》から、靴底《くつぞこ》を通して足の裏にも冷たさが伝わる。

ヒューの厳しい雰囲気が怖《こわ》い。追い詰《つ》められるように、アンは冷たい壁《かべ》に背をつけた。

六章　はずみ車と銀の糸

「アン。ルルの余命の話はどこで聞いた。俺はそのことについて、慎重《しんちょう》に隠していた。ルルも同じだ。俺がそれについて口に出したのは、今日がはじめてた。しかも一度きりだ。あの時だ。おまえは、立ち聞きしてたのか」

すっかり彼にはばれている。もう認めるしかなかった。

「ごめんなさい。聞いたの。ルルの様子が、心配で。ほんとうのことを知りたくて」

ヒューは深いため息をつくと、アンから視線をそらして窓の方を見た。

「誰《だれ》と？」

「シャルとわたし」

「シャルは心配ないな。あいつは余計なことは喋《しゃべ》らない。おまえも、アン。ルルの余命についてはもう話していい。だがあの場で見た色々なことは、忘れろ」

彼が言う色々が、ヒューと王妃の様子についてだと理解できた。

「わかった……。でもヒューは危険なことをしてたりしない？　あの様子は、もしかして」

気がかりなのはそれだった。銀砂糖子爵《ししゃく》が王妃と個人的に親密になっているとしたら、それはまさしく国王に対する裏切り行為《こうい》で、ヒューも王妃も死罪に値《あたい》する大罪だ。しかも打ち首などではない。ハイランド王国では最も罪深い者に与《あた》えられる罰《ばつ》、火刑《かけい》に処せられる。亡骸《なきがら》を土に返す風習があるハイランドで、生きたまま体を燃やして、亡骸まで灰にしてこの世から消し去るのは、最も重い刑罰《けいばつ》なのだ。

「違うさ。心配するな」

ヒューの顔には夕日があたり、微妙《びみょう》な陰影《いんえい》が刻まれていた。

「彼女は、ミルズランド家傍流《ぼうりゅう》のキャボット家の姫《ひめ》だった。俺はマーキュリー工房《こうぼう》の職人として、キャボット家に出入りしていただけだ。そのことは国王陛下もご存じだ。彼女とは親しく話もしていた。だが所詮《しょせん》、職人とお姫様だ。身分の差は歴然としているからな。彼女は俺のことを友人と思っていたが、俺はそこまで気持ち的に踏み込めなかったよ」

ヒューは銀砂糖子爵になる以前は、マーキュリー工房派の腕のいい職人としてたくさんの貴族たちに重用されていたらしい。アンが以前砂糖菓子を作った、アルバーン公爵《こうしゃく》のもとにも出入りしていたはずだ。

友人。王妃も口にしたその言葉に、秘《ひ》められたものを感じるのは気のせいだろうか。

すくなくとも嫁《とつ》ぐ前の王妃は、ヒューに対して何かしら思いを抱《いだ》いていたのではないだろうか。そしてヒューはどうだったのか。こんなことを思うのは、シャルのことをいつも友だちと言いながら、それ以上に恋《こい》しがっている自分がいるからなのだろうか。

「誤解されちゃいけないから、誰にも言わない」

「そうしてくれ。さあ、おまえも上へ行って職人たちと話をしろ。それと皆《みな》に伝えろ。ルルは明日からまた指導をはじめる。今日と同じ時間に、繭《まゆ》の塔《とう》へ来い」

「あんな状態で!?」

「それが使役される者としての彼女の義務だ」

そう言って窓の方に視線を戻《もど》したヒューの横顔には、彼らしからぬ憂鬱《ゆううつ》さが滲《にじ》んでいた。そしてしばらく沈黙《ちんもく》した後に、ヒューはふと何かを思い出したように懐《ふところ》を探《さぐ》った。

「忘れるところだった。ルルから五人へ宿題だ。『練った銀砂糖を、今までと違う方法で形にするにはどうすればいいか。考えておけ』とな。これを見て考えろと。受け取れ」

差し出されたのは、腕の半分くらいの長さがありそうな、細い棒だった。

棒の一方の先端《せんたん》に、小さな石の重りがついている。そして重りのついた先端から指一つ分ほどの場所に、掌《てのひら》よりすこし小さな木製の円盤《えんばん》が、中心を貫《つらぬ》かれた状態で固定されていた。

「はずみ車?」

綿や羊毛を紡《つむ》ぐときに使う道具だ。受け取ると、ヒューが手を振《ふ》った。

「行け」

アンは階段を駆《か》けあがりながら、胸の中に膨《ふく》れあがる気持ちを抑えきれなかった。

——あんまりだ。

五百年間も使役され続けたルルが、このまま消えてしまうのはあんまりだ。

五百年の償《つぐな》いにならないとしても、彼女から学ばせてもらう自分たち職人だけでも、彼女のために何かしなければいけない。そうしなければ人間という生き物が醜《みにく》く惨《みじ》めな存在になる。

——それにしても、宿題って……。

はずみ車の意味がわからなかった。

職人たちの食堂兼《けん》居間の前に辿《たど》り着くと、扉の向こうからエリオットの声が聞こえた。

「一、二ヶ月!?」

「はい。だからルルに砂糖菓子を作って食べさせてあげたらいいんじゃないかと思うんです。そうすれば彼女の寿命《じゅみょう》は延びる」

「しかし妖精の寿命は、そう簡単に延びるものではない。銀砂糖子爵のつくる砂糖菓子ですら、数ヶ月単位でしか寿命が延びないと言われているのだよ？」

キレーンの冷静な声が言う。するとキースの必死の声が聞こえた。

「銀砂糖子爵は普通《ふつう》の砂糖菓子しか作りませんよね。でもルルは言ってました。僕たちに見せてくれた砂糖菓子は、妖精の最高の技術で作られた最も力の強いものだと。その方法で作った砂糖菓子なら、もっと寿命が延びるかもしれませんよね。それこそ、数年単位とか」

「だが銀砂糖子爵は、国王陛下以外の者に砂糖菓子は作れない」

「僕たちが作ればいいんじゃないですか？　これからルルに教えを請《こ》いながら、ルルのために」

キースの熱弁に、しらけたようなステラの声が割って入った。

「その僕たちってのに、僕も含《ふく》まれてるのかい？」

「自信がないんですか？　ステラ」

キースが挑発《ちょうはつ》するように訊《き》いた。

「なに？」

「教えられた技術を満足に使いこなせなければ、いい作品はできない。いい作品がどうかは、妖精の回復が知らせてくれる。砂糖菓子に対しての、これ以上はっきりとした判定はないですよね。それが明るみに出るのが怖いんですか？」

「自信がないとは、言ってない。なんだいキース。生意気だよ、おまえ」

「すみません。けれどいい機会だと思ったので。そんなに斜《しゃ》に構えていたら、職人として伸《の》びしろを失いますから」

きっぱりと言い切ったキースに、エリオットが軽く口笛を吹《ふ》いた。

「どうしちゃったの、キース。一人前の男みたいになっちゃって」

「からかうの、やめてください」

「さて、でも問題なのは、ルルが俺たちに教えられるほど回復するかってことだよねぇ。とりあえず普通の砂糖菓子《がし》を作って、食べてもらう？　ちょっとは回復するかも。あとはルルの技術は銀砂糖子爵が受け継《つ》いでるんでしょ？　子爵から習うか、だよね」

エリオットの言葉にキレーンが思案深げに答える。

「昨日、子爵と話したんだが、子爵に習うのは難しそうだ。子爵はルルから技術を受け継いだ。ただその技術というのが、くせ者らしい。子爵は彼女から教えを受け、なんとかその技術を習得して砂糖菓子を作れるようになった。だが子爵ですら、時間はかかるし失敗もするそうだ。その技術を教えるほど、熟練してないと言っていた。彼女にしか教えられない、と」

「じゃあ、やっぱりルル本人から教えを受けるしかないんですね。でも、ルルのあの状態」

キースが呻《うめ》く。

「ルルは明日から、わたしたちにまた教えてくれるって。ヒュー……銀砂糖子爵が言ってた」

アンは扉《とびら》を開けて、部屋に踏《ふ》みこみながら答えた。皆の視線が、一斉《いっせい》にアンに向かった。その報告に、暖炉《だんろ》の前にあぐらをかいていたエリオットが眉《まゆ》をひそめる。

「あれで？　大丈夫《だいじょうぶ》なの？」

アンは首を振った。

「わかりません。でも子爵はそれが、使役《しえき》される者の義務だって……。でも、わたしはルルの持っている技術を知りたい、身につけたい。そしてルルに砂糖菓子を作ってあげたい。人間のために、ずっと作ってばかりいるはずの人だもの。だから教えてくれるなら習って、ルルに砂糖菓子を作ります。わたしだけでも。それから、ルルから宿題があるらしいんです」

宿題の言葉に、一番に反応したのはステラだった。ぴくりと片眉をあげ、アンの方を見る。

「なんだよ、宿題って」

『『練った銀砂糖を、今までと違《ちが》う方法で形にするにはどうすればいいか。考えておけ』って。これを見て考えろって」

はずみ車を掲《かか》げてみせると、職人たちは一様に不審《ふしん》げな表情になる。綿や羊毛を紡ぐのは女性の仕事なので、男性にはなじみのない道具らしい。

「はずみ車です。綿や羊毛を紡ぐときに使う」

「これを見て考えるの？　これをヘラやナイフのかわりに使うのかな？」

キースが首を傾《かし》げる。

「それを砂糖菓子の芯《しん》に使うのじゃないか？　形がとりやすいとかね」

ステラが小馬鹿《こばか》にするように言うと、エリオットが顎《あご》を撫《な》でる。

「そんな単純な話じゃないよねぇ、きっと」

キレーンが片眼鏡を拭《ふ》いてかけ直し、じっとはずみ車を睨《にら》む。

「これそのものを使うのではなく、『はずみ車』という言葉がヒントであるとか……」

アンは手の中にあるはずみ車を見おろす。

わからない。ヒントをもらっても、それが何を暗示しているのかさえ理解できない。妖精《ようせい》が何百年も育《はぐく》んできた技術は、人間が簡単に理解できるものではない。それをルルに、突《つ》きつけられている気がした。

その夜、シャルは部屋に帰ってこなかった。だが涙《なみだ》が出ることはなかった。そんな感情に流される前に、自分はやらなければならないことがある。

あれほど弱ってしまったルルが教えてくれるというのならば、アンたちはそれをすこしの齟《そ》齬《ご》もなく受け継ぐ必要がある。そして最上の砂糖菓子を作ることができれば、ルルのためにもなるはずなのだ。

──すべてがうまくいく。

そう信じたかった。

心配なのは、ミスリルだった。部屋にいないのだ。「俺様はちょっと出てくる。心配するな！」と、メモ用紙がベッドの上に置かれていたが、どこで何をしているのか気になった。

いくら待っても帰ってこないので、アンは真夜中にベッドを抜《ぬ》け出した。ミスリルを探してみるつもりだった。天守の中をぐるりとまわり、いないとわかると、天守の外へ出た。城壁《じょうへき》をまわる。そこからもっと別の場所を見てまわろうかとも思ったが、暗い蠟燭《ろうそく》の明かりだけが頼《たよ》りで、しかも迷路《めいろ》のような王城で迷子になりそうだった。

寝間着《ねまき》の上にストールを羽織っていても、夜の風はまだ冷たい。手先足先が冷え切ってしまったので、諦《あきら》めて大人しくベッドに帰ろうとした。

「ミスリル・リッド・ポッド……どこ行っちゃったのかな……」

天守の廊下《ろうか》に踏みこむと、そこに人影《ひとかげ》があった。足を止めて蠟燭の炎《ほのお》をかざしてみると、繭《まゆ》の塔《とう》を見あげられる天守裏の出入り口に、こちらに背を見せて水色の上衣《うわぎ》姿の男が立っていた。

その背中に見覚えがある。王妃《おうひ》の従者エディーだ。上弦《じょうげん》の月の光が、彼の影《かげ》を薄《うす》く石廊下《いしろうか》に落としている。冴《さ》え冴《ざ》えとした月光に照らされるその姿はいやに寂《さび》しげだ。

「今夜もお散歩ですか？　エディー様」

静かに近づいて話しかけると、エディーは悲しげな微笑《びしょう》でふり返った。アンは改めて、軽く膝《ひざ》を折って挨拶《あいさつ》した。

「そうだな、散歩だ。そのつもりはなかったが、銀砂糖妖精の余命が一、二ヶ月だと聞いてね。驚《おどろ》いて。……きてしまった。銀砂糖子爵《ししゃく》はこのことを知っていたから、四ヶ月前に継承者《けいしょう》をつくるべきだと提案をしたのだな。職人たちは銀砂糖妖精の寿命のこと、知っているか？」

「はい、今日、知りました」

手にした燭台《しょくだい》の炎が、吹きこんでくる風に不安定に揺《ゆ》れている。

「銀砂糖妖精とは、どんな者か？　ハルフォード」

エディーは繭の塔に視線を向け、問いかけた。

「どんな？　そうですね。……立派な職人です」

「立派か……。銀砂糖妖精のことは代々王妃が継ぐべき事で、王妃以外の者が日常的にあれと関《かか》わることがない。わたしも一度しか会ったことがない。十五年前に砂糖菓子を作らせた時だ。チェンバー内乱のおり、王家には幸運が必要だったからな。ダウニングの提案だった」

王妃の従者の瞳《ひとみ》はとても澄《す》んでいる。なにか大切なことを見落とすまいとするかのように、真摯《しんし》な光がある。それが彼の瞳を美しく見せているのかもしれない。その表情には若々しい強さも感じる。

「どうして銀砂糖子爵ではなく、銀砂糖妖精に？　当時も銀砂糖子爵はいましたよね。あの時はパウエル銀砂糖子爵で。えっと、就任して、五年くらいの時ですよね、たぶん」

「当時の銀砂糖子爵が妖精の技術で作る砂糖菓子より、銀砂糖妖精が妖精の技術で作る砂糖菓子の方が、美しかったのだ。妖精の砂糖菓子の方が、大きな幸福を招ける可能性があった。あれのおかげで王家は勝利したのかもしれない。チェンバー家は武勇に優《すぐ》れた一族であったからな」

「ルル……銀砂糖妖精も言ってました。人間よりも妖精は、砂糖菓子に関して鋭《するど》い感覚を持っていると。だから妖精の方が砂糖菓子作りには向いていると」

「しかし惜《お》しいな。その銀砂糖妖精が、もういなくなるのだ」

「でも、妖精の職人に技術を伝えられれば」

「妖精の職人など、いるのか？」

「いません。でもルルは人間と同じように、妖精もたくさん砂糖菓子の仕事に関われば、その中から資質のある妖精が現れる可能性があると言っていました。人間と同じように、工房《こうぼう》でもたくさんの職人見習いの妖精が働ければ、きっとルルのような銀砂糖妖精が生まれます」

それを聞いてエディーはちょっと目を見開く。

「面白《おもしろ》いことを言うな。妖精が工房で見習いをする、か。しかし妖精は使役するものだ」

「それは、ずっと昔の国王陛下が決めた決まり事ですか？　昔からわたし、不思議でした」

アンが物心ついたときから、妖精は狩《か》られ、羽をもがれて使役される者たちだった。いつかそうなったのかと大人たちに訊《き》いても、ずっと昔からそうなのだとしか答えてくれないのだ。

妖精は使役するもの。

そんなことを誰《だれ》がいつ、決めたのだろうか。ステラのようにほとんどの人が、なぜその決まり事を当然のように受け止めているのだろうか。不思議でならない。

「いや。国で決められた決まりではない。ただ慣習として、そのように妖精は扱《あつか》われている」

「決まりではないんですか？」

「慣習だ。しかし慣習というのは、法よりもやっかいなものなのだ。国王が変えよと命じて、変えられるようなものではない。それが慣習だ」

「慣習が、素晴《すば》らしい砂糖菓子《がし》をこの世から消すんですか……」

正体がないのに、人間の誰もが縛《しば》られている。それに妖精たちは支配されている。存在が見えない慣習というものは、伝染病《でんせんびょう》のようにやっかいで、恐《おそ》ろしいものなのかもしれない。

「そうかもしれない。しかしそれも惜しいことだ。五百年の技《わざ》の灯火が消えるのは」

しばらく迷うように沈黙《ちんもく》した後、彼はふっと長い息をついた。

「疲《つか》れた。帰るとしよう。ハルフォードも、寝《ね》なさい」

エディーはゆっくりと背を見せると、歩き出した。彼はとても疲れているように見えた。


翌朝、職人たちとともにアンは繭の塔の作業場に向かった。

朝の光が満ちるその場所に、ルルは既《すで》にいた。部屋の隅《すみ》の椅子《いす》に脚を組んでゆったりと座り、階段をあがってきた職人たちを迎《むか》えた。

「やぁ、君たち。おはよう」

ルルの隣《となり》には、むすっとした顔をして腕組《うでぐ》みしたシャルが壁《かべ》にもたれて立っていた。その様子を見て、すこしだけ胸がずきりとした。昨夜シャルは、ルルとともに過ごしたのだろう。

──シャルがルルの恋人《こいびと》になったなら、わたしがルルの命を延ばすために、砂糖菓子を作る。

アンは折れそうな気持ちに活を入れ、背筋を伸《の》ばした。

「早速《さっそく》始めるぞ。君たちに見せた砂糖菓子が、普通《ふつう》の砂糖菓子に比べてなぜ色が鮮明《せんめい》なのかは、わかったな？　あれが一つ目だ。次に二つ目だ。組みあげを教えよう。君たちの知らない方法で。さて、昨日君たちに宿題を出した。あのはずみ車を見て、なにか思いついた奴《やつ》はいるか？」

ルルははずみ車を取り出し、職人たちを見回した。

アンを含《ふく》め誰もが答えられなかった。結局五人とも、何も思いつかなかったのだ。

沈黙が、ルルの厳しい叱責《しっせき》に思えた。ステラが、悔《くや》しげにわずかに唇《くちびる》を噛《か》んでいた。

しばらくしてようやくルルは口を開いた。

「恥《は》じることはない。妖精が何百年もかけて磨《みが》き上げた技術を、君たちに一晩でわかってもらっては困る」

ルルははずみ車を、掌《てのひら》の上で器用にくるりと回す。

「これを使って砂糖菓子を作る。伸ばしたり切ったり、ひねったりするだけが、砂糖菓子の組みあげ方法ではないのだ」

ルルはシャルに目配せした。するとシャルが、作業台に置かれていた掌ほどの大きさの、練られた銀砂糖をルルに手渡《てわた》した。ルルはそれを両手で長く引き伸ばす。二つに折り、また長く引き伸ばし、二つに折る。

それを繰《く》り返していくと、銀砂糖には幾筋《いくすじ》もの細い筋状の艶《つや》が見えてくる。

「この銀砂糖は、砂糖林檎《りんご》を煮詰《につ》めて乾燥《かんそう》させた後に、五度碾《び》きしている」

「五度ですか!?」

素《す》っ頓狂《とんきょう》な声をあげたキレーンに、ルルは当然《じゅうじつ》のように言う。

「少ないくらいだ。わたしの気力が充実しているときは、十度も碾いた。何度も碾くと銀砂糖の手触《てざわ》りが変わってくる。君たちも昨日、この銀砂糖の手触りが違うのに気がついたはずだ」

ルルはそうやって銀砂糖を折り伸ばし、折り伸ばしを繰り返していたが、しばらくするとまたシャルを呼んだ。そして小さな壺《つぼ》を持ってこさせると、その中の液体に指を浸《ひた》した。

「これは、砂糖林檎の種からとった油だ」

薄く光る膜《まく》がついた指で、ルルは細い筋状の艶をまとった銀砂糖の端《はし》をちょいちょいと、こよりを縒《よ》るように引き出した。

細い毛糸ほどの糸状になったそれを、はずみ車の軸《じく》にくるくると巻きつけた。

ゆっくりと立ちあがると、ルルは糸状の銀砂糖ではずみ車をぶら下げるようにする。

そして軽くはずみ車を回転させた。

「あっ！」

アンは小さく叫《さけ》んだ後に、息をのんだ。

重りをつけられたはずみ車が、空中でくるくると回転する。そしてその回転にあわせて、ルルの手の中にあった銀砂糖の塊《かたまり》から引き出された糸が軸に巻きつき、軸に巻きついた糸に引き出されるようにして、銀砂糖の塊からするすると糸状に銀砂糖が伸びて巻きついていく。

銀砂糖の塊から、銀砂糖の糸が引き出される。

職人たちが、瞠目《どうもく》する。魅《み》せられたように誰も動かない。

「これが……妖精《ようせい》の技術なのか……」

悪寒《おかん》を感じたように、ステラは両腕《りょううで》で自分の肩《かた》を抱《だ》いてぴたりと壁に背をつけた。目の前の光景に、追《つ》い詰められているようだ。

するすると、銀の糸がルルの指の隙間《すきま》から流れ出てくる。それは魔術《まじゅつ》的な、畏怖《いふ》さえ覚える光景だった。しかしこれが魔術であった方が、驚きは少なかったかもしれない。

銀砂糖はルルの指先で確実に糸になり、巻き取られている。それは紛《まぎ》れもなくルルが身につけた技だ。そして妖精たちが編み出した技なのだ。

人間には五百年経《た》っても得られなかった境地だ。

あまりにも特殊《とくしゅ》な方法に啞然《あぜん》とした。

一晩、はずみ車を前に、一流の職人たちが頭を抱《かか》えても想像すらできなかった。

——すごい。

エマが練る銀砂糖。エマが使うナイフの動き。指の動き。色使い。それらがどれほど困難なことなのかを理解しはじめた頃《ころ》、アンは今と似たような気持ちでエマの指を見つめていた。

——すごい。すごい。

感動して、感嘆《かんたん》して、そして強く思った。

——わたしもやりたい。

その時の気持ちが鮮明に蘇《よみがえ》る。心が弾《はず》むような興奮と、弾む心を体から外へ発散したような意欲《いよく》。アンを、どこか知らない楽しい場所に放り投げてくれるような感覚。

——我が師、と。

ヒューはルルのことをそう呼んで、ルルはそれを、自分をからかっているのだと嫌《いや》がっていた。けれどもしかしたらヒューは、ほんとうにルルに対して尊敬を抱いたからこそ、冗談《じょうだん》めかしながらもそうやって彼女を師と呼んだのかもしれない。

「これを二度繰り返せば、髪《かみ》の毛のように細くなる。この糸はすぐに固まる。一日経てばもろく崩《くず》れる。そのまえにそれを使って作品の形にしろ。速さが要求されるぞ。そして丁寧《ていねい》さもな」

ルルは再びすとんと、力をなくしたように椅子に腰掛《こしか》けた。

「道具はそろっている。練習しろ。それが君たちの仕事だろう」

アンは作業台に目を移した。そこにははずみ車が置かれている。アンははやる気持ちを抑《おさ》えきれずに、それに手を伸ばそうとした。

が、ステラがふらりと、ルルに近づいていくのを目にして手が止まる。

「なんだ？　名無し」

ルルがステラを見あげた。

ルルの前に立ったステラは、どこか呆然《ぼうぜん》とした顔をしていたが、目だけが鋭《するど》く光っていた。それに剣呑《けんのん》なものを感じたように、シャルが軽く身構える。

「どうするんだよ？」

ステラが、訊《き》いた。

「何をどうする、と？」

「あの糸を作って、それから？　それをどうやって作品にするんだ？　教えてくれよ、はやく」

知りたいという欲求《よっきゅう》が、彼の全身から陽炎《かげろう》のように立ちのぼっているようだ。いつも斜《しゃ》に構えているステラですら、知りたい欲求に突《つ》き動かされている。逆に常に何事に対しても冷笑的であるが故《ゆえ》に、自分が鼻で笑って通り過ぎることができない事実に強くひきつけられているのかもしれない。

「ふむ。わたしは君の名前も知らぬし、君は弟子《でし》でもない」

「じゃ、今から名乗ってやるし、あんたの弟子になる」

「いや、もう結構だ」

「なんで！」

「馬鹿《ばか》者！　甘えるのも大概《たいがい》にするがいい。自分の欲しいものは、いつも誰《だれ》かが持っていて、与《あた》えてくれたり教えてくれたりするものか!?」

ルルはステラの肩を突き飛ばして立ちあがった。ルルの体はわずかに揺《ゆ》れたが、それでもしゃんと足を踏《ふ》ん張って体勢を立て直し、ステラと四人の職人たちを厳しい目で見回した。羽がピンと張りつめて、透明感《とうめいかん》のあるオレンジに近い色になる。

「考えもせずに、ただ訊くのか!?　妖精の技術を奪《うば》うだけか!?　うんざりだ。こんな未熟者たちには、金輪際《こんりんざい》何も教えたくない。銀砂糖子爵《ししゃく》に脅《おど》されてもかまうものか。どうせわたしの命はもうすぐ尽《つ》きる。怖《こわ》いものはない」

いきなりルルが怒《いか》りをたぎらせたので、キースが慌《あわ》ててステラの腕《うで》を引いて彼を下がらせ、自分が前に出た。

「すみませんルル！　無礼は許してください。僕たちは」

「黙《だま》れ、人間！　最後の弟子を人間などにするのではなかった。がっかりだ。君たちは何も考えない。そんな奴らは、わたしの弟子ではない」

「考えます！」

思わず、アンは声をあげていた。

「考えます！　ルル、わたしたちは、考えます！」

ルルを絶望させたくなかった。選ばれた職人としてこの場に来て、ルルに愛想《あいそう》を尽かされたら砂糖菓子《がし》職人として失格だ。

今から妖精の砂糖菓子職人を育てて技《わざ》を伝えるほどの時間は、ルルには残っていない。だからルルは致《いた》し方《かた》なく、人間を最後の弟子にしたのだ。それなのに彼女を絶望させてしまったら、妖精の育《はぐく》んできた技が消える。砂糖菓子職人として、それはなんとしても防がなくてはならないことだ。そうでなければ、人間は砂糖菓子を作る権利さえ失ってしまう気がする。

「この糸を作り出せるように技を習得します。　そしてこの糸がどうやって作品になるのか、考えて形にします。だから、わたしたちはあなたの弟子です！」

ふんと、ルルは鼻を鳴らした。

「できるものならやってみろ、小娘《こむすめ》」

アンはしっかり頷《うなず》いた。

「はい」

ルルはふらつきながらもシャルの手を借りて、螺旋《らせん》階段をのぼっていった。

――考えるって。どうすればいいの、わたし……。

自分が考えると言ったものの、未熟な自分の技や知識では、妖精たちの技術や知識のひとかけらさえ覗《のぞ》けない気がした。

――でも、考えなくちゃ。そうでなければルルは絶望する。

静けさが残り、アンははずみ車を強く握《にぎ》りしめた。

キースもステラも、呆然としてルルの去った方を見送っている。

キレーンが長い息を吐《は》いて、片眼鏡を取って瞼《まぶた》をもむ。

「ルルを怒《おこ》らせたな。どうしたものか。あれでは、これ以上何も教えてはくれないだろう」

するとエリオットが、にっと笑う。

「やるしかないんじゃない？　ねぇ、アン。大きくでちゃったし」

声をかけられ、アンは顔をあげてエリオットを見た。はっとした。挑戦者《ちょうせんしゃ》の喜びが、エリオットの表情にはある。その顔に、不安で縮こまりそうだった気持ちがふっとほぐれる。

――そうか。今は、五人いる。

エリオットも、キレーンも、キースもステラも。皆《みな》ヒューに選ばれた砂糖菓子職人だ。腕は一流。実力と自信のある人たちだ。

五人の職人がいれば、もしかすると何かを発見できるかもしれない。

──これは一歩。はじめて銀砂糖に触《ふ》れたときと同じ。あの時と同じ。

これは、楽しむべきことかもしれない。焦《あせ》りと不安と一緒《いっしょ》に、それを楽しもうとする気持ちがわずかに生まれる。

砂糖菓子職人の世界で職人たちは、師匠《ししょう》から手取り足取り教えてもらえることはない。師匠がやることを見て、覚え、練習して慣れる。そしてさらに自分で考えて、もっと工夫《くふう》をする。ルルの技を一度見た。それから盗《ぬす》む。そしてそれを自分で工夫する。

それは当然のことなのかもしれない。

日はすっかり落ちていたが、誰一人作業場を離《はな》れようとはしなかった。

職人たちは何度も何度も銀砂糖を練り、はずみ車を回した。

作業場の中にはランプの光が灯《とも》されていたが、火の気はない。根雪に囲まれた塔《とう》の内部は足指が凍《こご》えるような寒さになるが、誰一人それに頓着《とんちゃく》する者はいない。それどころか額には、うっすらと汗《あせ》を滲《にじ》ませている。

「いや〜ん、切れちゃったじゃない」

はずみ車を回していたエリオットが、妙《みょう》な声を出した。彼の足元に、銀砂糖の糸を巻きつけたはずみ車が、ころころっと転がった。あっとステラが声をあげる。

「あんた……変な声を出すなよ。絡《から》まったよ」

彼ははずみ車に巻きついた糸を慎重《しんちょう》に巻き取りながら、作業台に置こうとしていたのだ。それがよじれて、数ヵ所が団子になっている。

「俺のせいにされちゃ、かなわないなぁ」

はずみ車を拾い上げながら、エリオットはひょいとステラの手元を覗く。

「でも、わりかしうまいね、ステラちゃん」

「あたりまえだよ」

「この作業は、女の子の方が向いてるのかもねぇ」

「ちょっと待て。今、なんて言ったんだ？」

目を三角にしたステラを無視して、エリオットはアンの手元も覗く。

「ステラちゃんも上手だけど、アンが一番糸は細いし、長さもある」

アンははずみ車を回しながら、苦笑いした。

「そうでもないですけど。まだ細さにばらつきがあるし。でもこれ、根気がいる作業だから、女の人の方が向いてるのかも」

糸のできばえに、さして違《ちが》いがあるわけではない。皆、さすがに一流の職人だけあって、この難しい作業をほぼできるようになっていた。

ただ熟練度は、まだまだだ。糸の細さにばらつきがあるし、気を抜《ぬ》けばすぐに糸が切れる。それはアンとて同じだ。

だが男たちに比べて、アンの方が疲労《ひろう》していない。根を詰《つ》めて細々した同じ動きを繰《く》り返すのは、男女の特性としては、女向きなのだろう。男は、女以上に疲労するらしい。

アンにとってそれは、はじめて経験する余裕《よゆう》だった。

砂糖菓子を作る時、アンはいつも男との体力差を感じた。彼らが楽にこなせることを自分の限界まで努力してこなしてきた。けれど今は、立場が逆だ。アンがそれほど疲《つか》れを感じないのに、男たちの目の下には隈《くま》ができるほどなのだ。

十日目を過ぎると、職人たちは糸を紡《つむ》ぐ技に慣れ格段に上達してきた。するすると銀の糸が指先で紡げるようになると、作業台の上は、みるみる糸の山になった。

十日目の朝、アンは作業場に入ると山になった糸を見おろした。そっと触れると、昨夜紡いだ糸以外は、ぱらりと崩《くず》れて作業台の上に散った。

「これ。どうしたらいいの？」

眉《まゆ》をひそめる。すると、はずみ車を手にしたキースが近寄ってきた。

「さすがに乾《かわ》くのが早いね。これを形にするには、おそらく一日の猶予《ゆうよ》しかないだろうね」

「そもそも形にするって、これをどうやって作品にするのかな？」

「人物像の髪《かみ》の毛じゃない〜？　それ以外、利用方法ある？」

キレーンと一緒に冷水の樽《たる》を運び上げてきたエリオットが、背後から茶化《ちゃか》すように言う。樽を置くと、キレーンとエリオットも、アンとキースの横に立った。

「今のはコリンズの冗談《じょうだん》なのだろうが。はっきり言って僕も、それ以外これをどうやって作品に利用するか考えつかない」

キレーンが疲れたように呟《つぶや》く。

「お互《たが》いの顔なんか見てたって、わかんないんじゃないの？」

螺旋階段の方から、声がした。ステラだった。彼は朝が弱いらしく、アンたちがあらかた作業の準備を終わらせた頃《ころ》に不機嫌《ふきげん》そうにやってくる。そしていっこうに悪びれない。銀色の髪の毛を軽く手ですきながらこちらに近寄ってきた。

「あのさ、作品。最初にルルが俺たちに見せた、あれ。あれ見れば？」

眠《ねむ》そうにあくびをかみ殺しながら、ステラがぞんざいな口調で提案する。

「あ、そうか」

アンは部屋の隅《すみ》に置かれていた砂糖菓子のもとに走り、それを抱《かか》えて戻《もど》ってきた。作業台に置くと、保護の布を取り去った。

光を通すミルズランド王家の旗印。鮮《あざ》やかな色で、虹《にじ》を織ったような光をまとう。しかし。

「あまりぱっとするモチーフじゃないよねぇ。なんでこれを選んだのかね？」

エリオットが、眉尻《まゆじり》をさげてしげしげと作品を眺《なが》めながら言った。

アンは改めて作品を見おろした。

確かに、作品としては地味だ。けれど光の具合や色の鮮明《せんめい》さはよくわかる。ルルはおそらく、無知な者たちにもわかりやすいモチーフとしてこれを選んで作ったのだ。

――わかりやすい？

ふと、アンは引っかかった。

「旗は……」

何かが、わかりかけた気がする。呟くと、キースが首を傾《かし》げる。

「旗は？　なに？」

「どんなものなのかな？」

「どんなって……。そうだね、印だよね」

「他《ほか》には？」

「汚《よご》すと怒られるねぇ」

エリオットが冗談めかして言うが、逆にキレーンはむっとまじめに考えてから答えた。

「風になびく」

ステラがしらけたように言う。

「結局、ただの布」

はっとした。

「布……！」

アンはさっと四人を見回した。

「旗は布でできてる！」

「だから？」

アンの勢いが迷惑《めいわく》そうに眉根《まゆね》を寄せるステラに向かって、さらに大声で言った。

「布は糸を織ってできる！」

その瞬間《しゅんかん》だった。四人の職人たちの表情が変わる。

「織る……」

ステラが呟くと、エリオットが素早《すばや》く周囲を見回した。そして何かに気がついたらしく、キレーンの背をどやしつけた。

「あれだ！　キレーン、来い！」

エリオットとキレーンは、作業場の隅にごちゃごちゃと寄せ集められている道具の中から、作業台ほどの大きさの、木製の機械らしきものを重そうに運び出してきた。その形には見覚えがある。

「これ、織機に似てる」

「織るんだよ」

声は押し殺しているが、エリオットの声には興奮の響《ひび》きがある。

「銀砂糖の糸を、織るんだ。でも簡単に織れるもんじゃないよ、たぶん」

エリオットとキレーンが運び出してきた木製の機械は、まさに機織り機だ。作業台と同じくらいの大きさの枠《わく》に、テーブルのような脚がついている。木枠《きわく》には縦糸を通すための細工があり、そして足元には、縦糸を上下させて織りをすすめるための板状のペダルがある。

ルルは銀砂糖の糸を紡いで見せた後に、確か言った。「道具はそろっている」と。

「ようやくそれを引っ張り出したか」

自らの発見に呆然《ぼうぜん》とする職人たちの背後から、声がした。

ヒューが、階段をのぼってゆっくりとこちらに近づいてくるところだった。声のない職人たちを見回してから、彼は織り機の枠に指を滑《すべ》らせる。

「これがくせ者だ。銀砂糖の糸は簡単に切れる。慎重《しんちょう》に扱《あつか》う必要があるが、時間をかけすぎると乾いて粉々になる。これに糸をかけるだけでも困難だ。おまえたちにできるか？」

銀砂糖子爵《ししゃく》であるヒューは、ルルから技術のすべてを教えられている。けれど彼は、職人たちに何一つ教えようとしない。ヒントすら出さない。今日まで顔もろくに出さなかった。ただ、こうやって挑発《ちょうはつ》するだけだ。だがこれもまた、指導者の姿なのだとアンは理解した。

――ルルもヒューも、同じ。

甘やかしてはくれない。情熱も技術もない者は、そこまでだ。ただ自分たちのいる場所まで来いと叱責《しっせき》する。それは真に実力がある者の出現を望んでいるからだ。

「やります。できます」

独り言のように呟いたアンに、四人の職人たちが頷《うなず》く。ヒューは短く命じた。

「では、試《ため》せ」

職人たちは早朝から繭《まゆ》の塔《とう》の作業場にやってきて、真夜中までいる。ずっとはずみ車を手にして糸を紡ぎ、さらに紡いだ糸を織りあげようと四苦八苦している。彼らは休まない。驚《おどろ》くべき忍耐《にんたい》力で、銀砂糖と向き合っている。

それが既《すで》に十日以上も続いていた。

シャルは繭の塔の最上階で、唯一《ゆいいつ》開く窓をあけてずっとそこから雪景色を見ていた。階下からは時々、アンの声がする。はつらつとした澄《す》んだ声を聞くと、気持ちが柔《やわ》らかくなる。

新たな技術に夢中になって、彼女は余計なことなど頭から消えているだろう。シャルがずっと姿を見せないことにも、気がついていないかもしれない。それがアンらしい。

「おい、大丈夫《だいじょうぶ》かよ？」

ミスリル・リッド・ポッドの声が聞こえたのでふり返ると、ルルがふらつきながら階段をのぼってくるところだった。ミスリルが心配そうに、ルルに寄り添《そ》っている。

「心配いらんよ。外の空気が吸いたいのだ」

と言った先から足元がふらついたので、シャルは駆《か》け寄ってルルの体を支えてやった。

途端《とたん》にミスリルが目をつり上げ跳《と》び上がり、シャルの肩《かた》に乗ると髪の毛を引っ張った。

「こらっ！　シャル・フェン・シャル！　手を離《はな》せ、このスケベ！」

「うるさい。この棒杭《ぼうぐい》みたいな女に、妙《みょう》な気はおこらない。それよりも水でも持ってきてやったらどうだ？　こいつに」

「お？　ああ。そうか。ちょっと待っててくれよ、ルル・リーフ・リーン」

ミスリルは階下へ姿を消した。彼を見送って、ルルは苦笑《くしょう》した。

「よい奴《やつ》だの、あやつ」

「うるさいだけだが、気に入ったなら結婚《けっこん》でも申し込め」

「それは遠慮《えんりょ》する」

シャルはルルを導いて、窓辺の壁際《かべぎわ》に体をもたせかけるようにして立たせてやった。ルルは嬉《うれ》しげに目を細めた。

「職人どもが、働いておるな。さぞかし悩《なや》み苦労しているだろうよ」

「なぜ、職人たちに怒《おこ》ってみせた？」

ルルは職人たちを怒鳴《どな》りつけて以来、彼らの前に顔を出そうとしていない。しかし彼女があの時、本気で怒っていないのはシャルにはわかった。わざと怒ってみせたのだ。その証拠《しょうこ》に彼女の羽には、怒《いか》りを爆発《ばくはつ》させたとき特有の揺《ゆ》らめきが現れていなかった。

「人間という生き物の器量は、どれほどかな？　わたしにも、いまだにわからんよ」

ルルはシャルの問いには答えずぼそりと言うと、逆に問い返してきた。

「君こそ、ここにいて何か考えはまとまったか？」

シャルも、窓から外を見やった。

「時が来たら、駆け引きが必要だ」

「駆け引き？　何者と、どのような？」

「その時が来ればわかる。それとあとは、確かめなくてはならないと思うが……」

迷いに口をつぐんだシャルに、ルルは微笑《びしょう》した。

「アンか？　あの娘《こ》の心を確かめる決心がつかぬか、まだ。人の心を問うのは怖《こわ》いものだ。何百年生きてもな。恋《こ》う相手ならなおさらな」

アンと職人たちの試行錯誤《さくご》が続いていた。

銀砂糖の糸を紡《つむ》ぐのは、皆《みな》それなりに上達していた。

織る作業の方が、糸を紡ぐよりも何倍も困難だった。

織機に銀砂糖の糸を何百本と通そうとする。しかしすぐに、ぱらりと切れる。無事に通ったと思っても、しばらくすると不用意に触《ふ》れて切ってしまう。無事に縦糸を通せたとしても、今度は横糸を通そうとして切れる。無事に横糸を通しても、それを押さえようとして切れる。慎重になりすぎると、時間が経《た》って銀砂糖の糸は乾燥《かんそう》し、ぱらぱら崩《くず》れる。

それでも職人たちは、何度も何度も繰《く》り返しをやめなかった。

ルルは相変わらず顔を出さない。

そしてシャルも、アンの部屋に帰ってこなかった。ミスリルは一度アンの部屋に帰ってきたが「安心しろ。俺様がシャルの奴を見張る！」と、わけのわからない事を宣言して、胸を叩《たた》いて再び出て行った。どうやらミスリルも、ルルのところにいるらしい。それがわかって安心した。すくなくとも不法侵入《しんにゅう》で捕《つか》まえられたわけではない。

妖精《ようせい》たちは、妖精たちと一緒《いっしょ》に過ごしている。

それは妖精王がいた頃《ころ》の伝説の時代のように、彼らにとっては落ち着くことなのだろう。そしてずっと部屋に帰ってこないシャルは、ルルの恋人《こいびと》として過ごしているのだろう。

——それは、いいこと。

ぐらつきそうになる自分に何度も言い聞かせた。ありがたいことに銀砂糖に触れているときには、余計なことを考えずにすんだ。

集中していなければ、銀砂糖の糸は形にすらならないのだ。

二十日目を過ぎると、円形の庭を埋《う》める雪も少なくなり、あちこちで地面が顔を出し始めていた。その日も朝からアンたちは作業を始めて、真夜中まで続けていた。

遅《おそ》すぎる夕食を職人たちとともに取り、部屋に帰った。疲《つか》れていた。一日ごとに、体の芯《しん》に重い疲労《ひろう》がたまってくる。早くベッドに横になりたかった。

部屋に踏《ふ》みこんだ途端に、ぎくりと足が止まった。奥の窓辺にシャルが座っていた。窓枠《まどわく》に片足をあげ、窓の外を見ている。

——シャル！

ぼんやりと光る繭の塔の明かりが、シャルの長い睫《まつげ》をくっきりと見せている。アンに気がつき、彼は物憂《ものう》げにこちらに顔を向けた。薄明《うすあ》かりの中に、怪《あや》しいほどの艶《つや》やかさだ。神すら惑《まど》わすのではないかと思えるほどに美しい。

——シャル、シャル！

嬉しくて恋《こい》しくて、どうしようもない気持ちがあふれる。気持ちが跳《は》ねあがり、体から飛び出していきそうなほどだった。けれどそれをぐっと押し殺した。

二十日もルルと過ごし、彼女の恋人になったシャルに焦《こ》がれるのは罪だ。

「シャル……。ひさしぶり……っていうのも、ちょっと変か。どうしたの急に？」

アンはできるだけ自然に見えるように、微笑んだ。

「ルルの調子はどう？　わたしたち、作業をしてるから。ルルのために砂糖菓子《がし》を作れるの、もうすぐだと思う」

「残念だが、ルルは砂糖菓子を食べない」

「どうして!?　恋人と一緒に、少しでも長い時間いたいと思ってくれないの!?　それじゃシャルが、ひとりぼっちになるじゃない！　わたしルルを説得する。シャルのためにもって！」

恋人を得てなお、ルルがかたくななままであるならば、今度はシャルが残されて切ない思いをする。アンは繭の塔へ行こうと、きびすを返そうとした。が、窓枠から降りたシャルが、アンの手首を摑《つか》んでひきとめた。

「待て！　どうもおまえの言ってることは妙だ。なぜ俺のためが、そこに入る」

「だってルルの寿命《じゅみょう》が延びれば、シャルはルルとずっと一緒にいられる。恋人なんだし」

「誰《だれ》が恋人だ？」

「誰って、ルルとシャルが」

「どうしてそうなる」

「だって、恋人になれるかどうか試《ため》してみるって行って、そのまま帰ってこなかったし。二十日間も一緒にいるなら、当然……え……？　違《ちが》うの？」

「ここにも一人、馬鹿《ばか》な誤解をしたままの奴がいたか……忘れていた……」

シャルは天井《てんじょう》を見あげて嘆息《たんそく》した。心底うんざりしている様子だ。

「あれはルルの冗談《じょうだん》だ。しかもミスリル・リッド・ポッドも、おかしな誤解をしたままだ」

「冗談？」

「そうだ。俺もルルに対して、そんな気持ちはまったく起きない」

「冗談？　あれが……冗談なんて……じゃ、わたしがあれこれ……」

体の力が抜《ぬ》けた。この二十日間、散々シャルとルルのためと念じてやってきたのに、自分が馬鹿みたいだ。それでは当然、ルルも寿命を延ばすことに興味を示さない。ならば、どうすれば、ルルは砂糖菓子を食べる気持ちになってくれるのか。悩ましさに、急に疲労感《ひろうかん》が増した。

「ミスリル・リッド・ポッドは何を勘違《かんちが》いしたのか、俺を監視《かんし》すると言ってルルの部屋に陣取《じんど》ったままだ」

「ミスリル・リッド・ポッド……。シャルを見張るって、そういうことなの？」

ミスリルはおそらく、シャルがルルとなにかありそうだと踏んで、ルルの部屋に乱入したのだろう。そこでルルとシャルがうまくいかないように、邪魔《じゃま》をしたはずだ。すべてはアンの恋を実らせようという彼なりの恩返しの一環《いっかん》に違いない。その時にミスリルが「アンはおまえが好きなんだ！」といった意味のことを、シャルに言っていそうで恐《おそ》ろしい。

「ちなみに、ミスリル・リッド・ポッドは何か言ってた？　わたしについて」

「特には」

ほっとしかけたが、次のシャルの言葉を聞いて肝《きも》が冷えた。

「ただ、おまえが泣いていたと言っていた。どうして泣いた？　おまえはここに来てから、おかしい。わけもなく、よく泣いてる。どうして泣いてる」

別にわけがないわけではないが、シャルに言えないだけだ。

「どうしてって。それは……その……」

「泣いて欲しくない。俺はおまえを守ると誓《ちか》った」

正直、困り果てた。そう言ってくれる本人が、涙《なみだ》の原因なのだ。

「そ、それはそうと、シャル。じゃ、なんで二十日間もルルと一緒にいたの？　恋人でもない女性の部屋に二十日間もいるなんて、失礼というか」

誤魔化《ごまか》すために質問を返すと、シャルは真顔でアンを見つめる。

「考えていた。妖精のこと……それと、おまえのことだ」

シャルの掌《てのひら》がアンの頰《ほお》を包むように触れた。久しぶりに、シャルがアンに触れたような気がした。

ラファルに連れていかれた荒野《こうや》の城砦《じょうさい》で、微妙《びみょう》な距離《きょり》を感じたあの夜以来、これほどシャルがしっかりとアンに触れることはなかった。シャルの瞳《ひとみ》は穏《おだ》やかで、彼の羽は窓から入る繭《まゆ》の塔《とう》の柔《やわ》らかな光で、薄青《うすあお》に銀をまぶしたような色に輝《かがや》く。

「帰ってくるべきではなかったかもしれない。まだ俺は迷っている。おまえに問うべきか」

シャルはアンを両手で仰向《あおむ》かせて、瞳を覗《のぞ》きこんでくる。どきどきした。艶《なま》めく黒い瞳に吸い込まれそうだ。

「わたしに何を訊《き》くの……？」

その時だった。扉《とびら》が勢いよく開き、小さな影《かげ》が飛び込んできた。ミスリルだ。

アンとシャルは同時にぱっと、背後に一歩身を引いたが、その不自然さにも気がつかないほどミスリルは慌《あわ》てているようだった。蒼白《そうはく》な顔で跳躍《ちょうやく》して、アンの肩《かた》に乗った。

「大変だ！　ルル・リーフ・リーンの様子がおかしい！」

シャルを見あげると、彼も険しい表情だった。

「繭の塔へ行く。アン、おまえはマーキュリー工房《こうぼう》派の長《おさ》代理に知らせて、銀砂糖子爵《ししゃく》に連絡《れんらく》を取るように言え。あいつなら連絡をつける方法を、知っているはずだ。ミスリル・リッド・ポッド。おまえは、ここにいろ。見つかると面倒《めんどう》だ」

シャルは言い置くと、部屋を飛び出した。

アンもシャルと同時に部屋を出て、キレーンの部屋に向かった。キレーンは事情を聞くと、すぐにヒューに知らせに走ってくれた。その騒《さわ》ぎを聞きつけて、他《ほか》の職人たちも目を覚ました。

彼らはルルの様子に異変があると聞くと、すぐに繭の塔へ向かった。

アンも繭の塔へ走った。塔の中に飛び込んで、螺旋《らせん》階段を一気に三層まであがる。

シャルが、ルルのベッドの脇《わき》にいた。

職人たちとともにアンもベッドへ近寄った。横たわるルルの様子に、ぎょっとなった。

目を閉じて、ぐったりしている。体に力がない。さらに、ベッドの上に広がるルルの髪《かみ》の毛先が、ふわふわと空気に溶《と》けるように光の粒《つぶ》になっている。目に見えないほどゆっくりと、髪の先が空気に溶けて消えようとしている。背筋に悪寒《おかん》のような怖《こわ》さが這《は》い上がった。

「ルル!」

アンが呼ぶと、ルルは薄《うす》く目を開けた。

「すまんな。君に謝りそこねていた。シャルのこと……からかったのだ、あれは」

それに返事もできず、涙があふれそうになる。と、その肩が、急に乱暴に捕《つか》まれて横に押しのけられた。アンを押しのけたのはステラで、ひどく怒《おこ》った顔でルルを見おろした。

「俺たちはあんたが考えろと言ったから、今考えてるんだ。やってるんだよ。その結果も見ないつもりなのか。考えれば、俺たちにまだ教えてくれるんだろう」

「知らんな。技《わざ》は、己《おのれ》で磨《みが》け。技とはそういうものだ」

「投げっぱなしか？　いい加減なことをするな！」

叫《さけ》んだ途端《とたん》に、ステラは激しく咳《せ》き込んだ。キースがその背を撫《な》でようとするが、その手を振《ふ》り払《はら》ってステラはさらに声を荒《あら》げた。

「とにかくあんたは、砂糖菓子を食え！」

するとルルは、ふっと笑った。

「なにを怒っている、名無し。目障《めざわ》りなわたしはすぐに消えてやる」

「そんなことで怒ってるんじゃない、とにかく、あんた。砂糖菓子を食え！　今すぐ！」

「食べないぞ。悪いが」

「ふざけるなよ。食わせてやる。ついでに言っておくが俺は名無しじゃないよ。ステラだ」

低く押し殺した声で脅《おど》すように言うと、ステラが作業場に駆《か》け出していった。それを見て、

「僕も行きます」

キースも決意の表情をして彼の後を追った。

「食べてもらいますよルル。行くよ、キレーン」

エリオットも真剣《しんけん》な面持《おもも》ちでそれだけ言うと、キレーンの肩を叩《たた》く。

「承知した」

エリオットとキレーンも作業場に向かった。

アンも彼らについて行こうと踏《ふ》み出しかけたが、その手首をルルが握《にぎ》る。

「アン。行く必要はない」

「待っててください、ルル。すぐに砂糖菓子《がし》を！」

「これほど弱ったわたしの寿命が延びるための砂糖菓子は、最上の技術で作った、本人に意味ある形のものしかない。君たちが今からどんなによい砂糖菓子を作ろうとしても、わたしの望みなど知らぬ君たちには、何を作ればよいかわからないはずだ。無駄《むだ》なことをするな」

「なら、ルルにとって意味のある形を教えてください！」

「教えん」

「教えてください！　わたしたちに作らせてください！　あなたの教えてくれた技を尽《つ》くします！　わたしたちは弟子《でし》なのに、何もできないまま終わるなんて嫌《いや》です!!」

「教えんよ」

「ルル！　どうして!?」

絶望感に泣きたくなった。その時シャルが、ルルの枕元《まくらもと》に膝《ひざ》をついた。

「妖精《ようせい》のものを妖精に伝えることができれば、おまえは、自らの命を諦《あきら》めないか？」

ルルの表情が変わる。アンの手首を握っていた力が緩《ゆる》む。

「俺はリゼルバに未来を託《たく》された。何をすればいいのか、まだわからない。だが、今、するべきことが一つだけわかる」

静かに語るシャルの横顔には気品と風格があり、冒《おか》しがたい美しさに満ちていた。

「何をする気だ、シャル。まさかおまえが駆け引きと言っていたのは……わたしのために」

「おまえのためではない。妖精が育《はぐく》んだもののためにだ」

シャルは立ちあがった。何をするつもりかと見あげるアンに、シャルは優《やさ》しく告げた。

「おまえは、妖精の技をあますことなくルルから継《つ》げ。おまえなら、なにかをできそうな気がする。そのためにもルルは生きる必要がある。これから駆け引きが必要だ。失敗すれば、今までのようにおまえのそばにはいられないかもしれない。だが俺はどこにいても、おまえを守る誓いだけはつらぬく」

「駆け引き？　なに？　なんなの？　なにをするつもりなの、シャル」

シャルが何を決心し、何をしようとしているのか。彼の言葉に動揺《どうよう》する。

シャルの表情がすっと消えた。ちらりと背後を気にする。

「銀砂糖子爵。そして……ハイランド王国国王エドモンド二世か……」

はっとアンがふり返ると、そこには銀砂糖子爵ヒュー・マーキュリーの姿があった。そして彼の前には、王妃《おうひ》マルグリットとダウニング伯爵《はくしゃく》。そしてエドモンド二世が立っていた。

アンはそこにいるエドモンド二世の姿に、驚愕《きょうがく》した。

「あの人……！」

シャルはゆっくりとふり返り、彼らと対峙《たいじ》した。

七章　妖精と人の誓約

「エディー様？」

王妃とダウニング伯爵を従えそこにいたのは、度々《たびたび》、夜の天守でアンと遭遇《そうぐう》した王妃の従者エディーだった。しかし彼の立つ位置は、王妃やダウニング伯爵よりも前。彼らよりも身分ある者の位置だ。彼らの前に立つことができるのは、一人しかいない。

ハイランド王国国王エドモンド二世だ。

「エディー様……エディーって、まさか……」

やっとアンは気がついた。エディーはエドモンドの愛称《あいしょう》だ。アンの中では国王は「国王陛下」という名前でしかなかった。国王の名前など意識したことがない。

砂糖菓子品評会でアンは、エドモンド二世から王家勲章《くんしょう》を手渡《てわた》されている。顔もその時に見ているはずだ。しかし国王の正装を身につけた彼と、普段着《ふだんぎ》の彼とは雰囲気《ふんいき》が違《ちが》いすぎる。正装を身につけた彼は、実際の年齢《ねんれい》より十歳は老けて見えた。

しかもエディーと会っていたのは、もっぱら、夜の薄暗《うすぐら》い天守の廊下《ろうか》だ。

きらびやかで威厳《いげん》に満ちた国王の姿と、薄闇《うすやみ》に簡素な服装で立つ男が、一致《いっち》しなかった。

それでも、アンがもう少し頭を働かせていれば気がついたはずだ。エディーは、銀砂糖妖精の存在を知っていて、余命が少ないこともいち早く知っていた。王族のみが知り得る銀砂糖妖精の存在を、たとえ王妃の従者といえども、一家臣が知っているはずはないのだ。

アンの驚愕に気がついたらしく、国王エドモンド二世は水色の瞳《ひとみ》に優しい色を浮《う》かべる。

「ハルフォード。驚《おどろ》かせた。すまぬな。そなたの前には、国王として姿を見せる予定がなかったものだから、かまわんと思っていたが。そうもいかない事態になったようだ」

アンは急いで膝をついた。国王を前に突《つ》っ立っていることはできなかった。

エドモンド二世は眉《まゆ》をひそめ、アンの背後にあるベッドを見やった。

「余命がわずかとは知っていたが、こんなにはやくか。どうにかできぬものか。五百年我が一族が守ってきた者が、余の目の前でみすみす……」

エドモンド二世はベッドに一歩近づこうとした。と、シャルがつと優雅《ゆうが》な動きで、その進路をふさぐように立ちふさがった。

アンはぎくりとした。国王を前にして跪《ひざまず》きもしない。さらに国王の進路をふさぐというのは、どういうつもりなのだろうか。胸がつぶれそうなほど、不安がこみあげてくる。

「なんのつもりだ……シャル……」

ヒューが呻《うめ》くように呟《つぶや》いたのが聞こえた。

「そなたは？」

エドモンド二世が、いぶかしげな顔をする。するとダウニング伯爵が素早《すばや》く答えた。

「銀砂糖妖精が呼んだ妖精です。そこの職人ハルフォードの護衛です。控《ひか》えよ、妖精。身分をわきまえよ」

シャルの羽は鍛《きた》えた鋼のように白銀に輝《かがや》き、その横顔も冬の湖面のように静かだった。彼はダウニング伯爵の命令など聞こえていないかのように、口を開く。

「銀砂糖妖精の命が尽きかけている。だが継承《けいしょう》者たちにすべてを教えきっていない。このままでは職人たちは、手探《てさぐ》りで技術を身につけるしかない。それで果たして、妖精の技術は五人に齟齬《そご》なく伝わるか？」

「齟齬なく？」

エドモンド二世が問うようにヒューをふり返ると、ヒューは苦い顔をした。

「わたしも銀砂糖妖精に比べれば未熟。わたしが五人の職人に、正確に技術を伝えきれるかどうかは、微妙《びみょう》です」

シャルの言葉に、ダウニング伯爵が一歩踏み出す。

「銀砂糖妖精の寿命《じゅみょう》を延ばし、五人に確かな技術を教える時間を稼《かせ》ぐことは可能だ」

「妖精！　さっきから聞いていれば、陛下に無礼な……」

「よい！　ダウニング！　それで。銀砂糖妖精の寿命を延ばす方法は」

エドモンド二世がダウニング伯爵を手で制して、シャルに問いかけた。

「銀砂糖妖精にとって意味のある形の最上の砂糖菓子を作り、食べさせること」

「ならばすぐに、作らせよう。ちょうど五人の職人がここにいるではないか」

「妖精にとって意味のある形は、本人にしかわからない。しかも食べる気がなければ、食べない。彼女は意味のある形を喋《しゃべ》ろうとしないし、砂糖菓子を食べようともしない」

「なぜに」

「寿命が延びても、妖精の技術が人間にしか伝わらないことに絶望している」

その言葉に、ヒューと王妃だけが、痛みを感じたように表情を曇《くも》らせる。

「彼女の絶望を取り除けば、彼女は生きる。そのために、彼女の持つ知識や技術を妖精にも伝える許可を五人の職人と銀砂糖子爵《ししやく》に出せ。そして六人に命じろ、妖精にも確実にその技術を伝えろと。銀砂糖妖精の羽も、彼女の手に戻《もど》せ。それを約束するならば、俺は彼女に命じる。望みの形を職人たちに教え、砂糖菓子《がし》を食べ、命を延ばせと。そして五人の職人たちに技術を教えろと。俺の命令にならば、彼女は従うはずだ」

「命じる、と？」

ダウニング伯爵が、険しい表情で低く問い返した。

「そなたは……何者だ。もう、誤魔化《ごまか》されんぞ。あの荒野《こうや》の城砦《じょうさい》でも、他《ほか》の妖精たちはおまえを特別な目で見ていた。銀砂糖妖精はこの五百年、一度も仲間を呼べなどと要求したことはなかった。それなのに、銀砂糖妖精はそなたを呼んだ。なぜだ。そなたが妖精にとって意味のある存在であるからだろう！」

「俺は、最後の妖精王リゼルバ・シリル・サッシュが、次代の妖精王として準備した黒曜石から生まれた」

国王と王妃が息をのんだ。ヒューですら、目を見開く。

ダウニング伯爵は唖然《あぜん》としたように呟いた。

「まさか……。しかしそんなはずはない。剣《けん》は礼拝堂とともに五十年も前に」

「かつてセントハイド城と呼ばれる城が、ビルセス山脈の東側にあった。一振《ひとふ》りの剣をおさめた礼拝堂を守るために、作られた城だ。おさめられていた剣は、妖精王の剣。そしてその剣には、次代の妖精王を生むための石が三つはめこまれていた。人間王セドリックの三人の息子《むすこ》は、そこから次代の妖精《ようせい》王が生まれることを恐《おそ》れ隠《かく》した。そしてセントハイド城を守る者として、代々ローウェル家に生まれた二番目の姫《ひめ》を住まわせていた」

ダウニング伯爵、エドモンド二世、王妃の顔色が青くなっていく。彼が語ることが、王家の持つ秘密であり事実であると、証明しているようだった。

はじめて耳にする話に、アンは目を丸くした。

――妖精王の剣を、王家が守り隠した？

妖精王の剣。そして銀砂糖妖精。王家は妖精たちの大切なものを自らの懐《ふところ》に抱《だ》き込み、隠してきたのだろうか。祖王セドリックは妖精王を友とし、妖精との共存を願っていた。しかしセドリックの遺志は正しく伝わらなかった。だがこうやって妖精との関係はゆがみ形を変えて、王家と絡《から》み合うようにして残っていたのだ。

「百年前。その城に住まわされていたのは、当時のローウェル家の二番目の姫。エリザベス・ローウェルだった」

「エリザベス・ローウェルの……罪……！」

呆然《ぼうぜん》としながらも口にしたのは、エドモンド二世だ。

「百年前。妖精王の剣を奉《まつ》った礼拝堂を守るべき姫が、何かの罪を犯《おか》して火刑《かけい》になったと伝えられている。その罪の詳細《しょうさい》は、秘されて伝えられなかった。もしや、その罪が」

「俺はエリザベス・ローウェルによって、この世界に生まれた」

「エリザベス・ローウェルの罪は、この世に誕生させてはならぬ妖精王を生んだ罪なのか」

「マーキュリー！」

ふいにダウニング伯爵《はくしゃく》が大声を発した。

「近衛《このえ》兵を招集し繭《まゆ》の塔《とう》を囲め！　わたしの名を使え！　妖精王だ！　逃《に》がしてはならん」

「しかし、この者は一年も前からわたしの前に姿を見せて、なにも危険は！」

「従え！　マーキュリー！」

ヒューはちらりとシャルとアンに目を向けたが、そのまま螺旋《らせん》階段を駆《か》け下りていった。

──シャル。シャル。逃げて。

震《ふる》えが止まらなかった。シャルが兵士に囲まれ捕《と》らえられ、殺される。

「騒《さわ》ぐな。逃げはしない」

シャルは落ち着いていた。

「今の条件をのめば、俺は何もしない。だが条件をのまなければ、最後の銀砂糖妖精はみすみす死ぬことになる。そして俺は、こうやって人間と交渉《こうしょう》することをやめる。妖精を集め、人間と戦う。どこまでやれるかわからないが、荒野の城砦に妖精たちを集めていた、俺の兄弟石の妖精ほど簡単には終わらせない」

ふっと笑ったシャルの目に、鋭《するど》いものが光る。ダウニング伯爵が脅《おど》すように言う。

「今、ここでおまえを捕らえることもできる。塔の周りには近衛兵が来る」

「俺を捕《つか》まえられるか？　もし仮に俺が捕らえられ殺されれば、銀砂糖妖精はこのまま死ぬ。それだけだ。そして俺が死んでも、まだ妖精王が生まれる可能性は残っている。俺の兄弟石が一つ残っている。その危険を冒《おか》すか？　それともここで、利益を得るための俺の提案に応《こた》えるか。これは交渉だ。人間にとって不利な条件はない。妖精にとってもそうだ。互《たが》いに与《あた》え合うだけだ。王国の根幹を揺《ゆ》るがす大事ではない」

「しかし強い幸運を招く砂糖菓子の製法が世に出てしまえば、王家の敵にもそれらの製法が伝わる。そうすれば王家の敵にも同じ幸運が舞《ま》い込むのだぞ！　わしが戦い守り抜《ぬ》いてきたこのミルズランド王家に、影《かげ》がさす！」

「違います！」

跪いたまま、アンはダウニング伯爵に向かって声を発した。

「それは、職人の腕《うで》を過小評価されています！」

視線がアンに集まった。

塔の周囲に、たくさんの足音と甲冑《かっちゅう》がこすれ合う音が響《ひび》いてきた。ぱちぱちと、松明《たいまつ》のはぜる音もする。近衛兵たちが集まりはじめている。

──違う！　そんな簡単なものじゃない！

胸の内から吹《ふ》き出すのは、職人としての自信に裏打ちされた誇《ほこ》りだった。

「妖精の技術は最高の砂糖菓子を作る技術です。ですが、ただの技術なんです！　その技術を使って、何をどう作るかが砂糖菓子の善し悪《あ》しを決めて、大きな幸運を呼べるかを決めるんです！　技術が知れ渡《わた》っても、それを使って最高の砂糖菓子を作るのは職人の腕です。腕次第《しだい》です！　王家が最高の幸運を約束する砂糖菓子を望むなら、最高の技術を身につけた職人の中でも、最高の腕を持つ人間か妖精、どちらでもいい。その最高の腕のある職人を銀砂糖子爵にすればいいんです！　そのほうがもっと、もっと、技術の高い職人を得られる可能性がある！　今よりももっと、大きな幸運が呼べます！」

声をあげたことに恐怖《きょうふ》はなかった。

「それは」

ダウニング伯爵がアンの言葉を遮《さえぎ》ろうとするのを、アンはさらに言葉を重ねてはねつけた。

「知らないから恐れるんです！　でも職人ならわかります。知っているんです！　誰《だれ》もが同じ技術を知って身につけても、腕の差は歴然としているって！　腕がなければ、技術なんて知っていたってどうにもならない！　技術を解き放つことは、武器をばらまくこととは違います」

一気に喋った自分の言葉に息切れして、くらくらした。けれどぐっと視線をあげて、エドモンド二世とダウニング伯爵を見あげた。

「知らないものが、怖《こわ》いなんて思わないでください。きちんと見れば、怖くないんです」

その場が静まった。しばらく、塔を囲む兵士たちの甲冑の音だけが聞こえていた。

ふふっと、小さな笑い声が静寂《せいじゃく》を破った。王妃《おうひ》が笑ったのだった。

「幽霊《ゆうれい》と同じですね。アン・ハルフォード」

王妃はゆっくりとエドモンド二世の隣《となり》に並び立った。

「陛下。我々は五百年も、恐れていた。そろそろ幽霊を怖がるのは、終わりにしてもよいのではありませんか」

「しかし王妃様。五百年守ってきたことを」

ダウニング伯爵の言葉に、王妃は軽く首を振《ふ》った。

「五百年守ってきたものは、どうなりましたか？　結局こうやって先細りして、ついえようとしている。この窮状《きゅうじょう》を打開するには、思い切りが必要かもしれません。例えば……五百年秘密の技術を解き放つこと。そうすれば消えかけているものの灯火が、再び灯《とも》るかもしれない」

ダウニング伯爵は言葉に詰《つ》まったように、ぐっと口元を引き締《し》める。

エドモンド二世が無言で数歩、進み出た。

「陛下？」

ダウニング伯爵がとめようとするのを、エドモンド二世は目顔で制し、シャルの前に立った。

「妃《きさき》の言葉は、それなりに理解できる。しかし問題は、妖精王だ」

瞳《ひとみ》に浮《う》かぶ冷徹《れいてつ》な光は、執政《しっせい》者のそれだ。アンの知ってる、優《やさ》しげな王妃の従者エディーの目ではない。

塔の周囲に響く甲冑の音や足音が、アンの全身に迫《せま》ってくる。怖くて仕方がない。けれど視線はあげていた。何かがおこれば闇雲《やみくも》にでも駆《か》け出し、シャルを守りたかった。

「ハイランド王国を根底から揺るがす危険は、放置できない。妖精王の要求が、今の条件だけですむとは思えぬ。今の条件をのめば次は何を要求する？　全妖精の解放か？　しかし妖精の使役《しえき》は、五百年前から続く慣習だ。我々には、庶民《しょみん》の慣習を根こそぎひっくり返すほどの準備はない。その慣習を根幹にして、社会が成り立っているのだからな。次には妖精王が、我々人間に剣《けん》を向けぬとは言い切れぬ。妖精王の存在は、危険だ」

エドモンド二世の強い言葉に、シャルは笑《え》みを返した。危険だと断言されて笑ったのだ。その美しい笑みに、エドモンド二世が不思議そうな顔をする。

「俺はエリザベス・ローウェルを愛した。人間の、気のいい連中も知っている。彼らに剣を向けようとは思わない。俺は人間すべてを憎《にく》んでいるわけじゃない。王国を乱すつもりもない。ただすこしずつ、妖精の望みを叶《かな》えたいだけだ。今は最後の銀砂糖妖精の望みを叶えてやりたい。それだけだ。妖精を使役する人間の世界をひっくり返せとは言わない。すこしずつだ。すこしずつ変化が生まれればいいと願っているだけだ。五百年かけて作り上げられた社会の根幹なら、五百年以上かけなければ、それは変わらないだろう」

「そなたの言葉を信じろと申すのか？」

「俺はリゼルバから未来を託《たく》されて妖精王と名乗った。だから王として誓約《せいやく》する。人間の王たるおまえに。王への敬意を持って、誓約する。かわりに人間の王も誓約をして欲しい。俺の出した条件は守ると」

嘘《うそ》のない黒い瞳を、ダウニング伯爵すら一瞬《いっしゅん》引き込まれたように見つめていた。

心が揺さぶられる。シャルは美しくて気高く、威厳《いげん》に満ちている。神話世界の幻《まぼろし》がその場に佇《たたず》んでいるような錯覚《さっかく》すら起こさせる。深い黒の瞳も、黒い髪《かみ》の一筋も、長く白い指先も、すべてが艶《つや》やかで魅惑《みわく》的だ。

「俺は誓約しよう。人間の王」

シャルが告げると、エドモンド二世がまるで魅《み》せられたようにゆっくりと口を開いた。

「……誓約しよう。妖精王《ようせいおう》」

「陛下⁉　誓約など！」

　ダウニング伯爵《はくしゃく》が声をあげるが、エドモンド二世は強い視線でそれを制した。

「よい。ダウニング。余が決めたのだ。誓約すると。だから誓約しよう、妖精王」

「感謝する。人間の王」

　シャルは小さく呟《つぶや》くと、ダウニング伯爵は深いため息をついた。そして暗く沈《しず》んだ表情で、ゆっくりと近づいてきた。

　アンは緊張《きんちょう》に身を固くしたが、シャルは気負いなく向き合った。

「妖精王。陛下の誓約は、陛下が守られるだろう。そなたも誓約を守ってくれるか」

「無論」

「ならばもう一つ願いがある。そなたの存在は秘しておいてもらいたい。世が混乱し、妖精たちも混乱する」

「誓約が守られる限り、俺は名乗りをあげるつもりはない」

　ダウニング伯爵は額にかかる白い髪を撫《な》でつけながら、疲《つか》れたようにエドモンド二世の背後に戻《もど》った。

「陛下。近衛兵はいかがいたしましょう」

「通常の仕事に戻るように命じよ。緊急《きんきゆう》事態は起こらなかったと。間違《まちが》いであったと」

　承知いたしましたとダウニング伯爵が答えると、エドモンド二世はほっと息をついた。

「妃よ。銀砂糖妖精の命は長らえる。しばらくは安心して眠《ねむ》れるようだ。帰ろう」

王妃の手を取ると、エドモンド二世はシャルに微笑《ほほえ》みかけた。

「失礼する。妖精王……いや、そなたの存在が秘されるなら、そう呼んではならぬのか？」

「どちらでもいい。誓約が守られる限り、もう会うこともないはずだ」

「そう願う。銀砂糖妖精の羽は、王妃から彼女に届けよう。そして技術の解放は、約束しよう。銀砂糖子爵《ししやく》と五人の職人にどのような形で命令を下すかは、追って伝える」

王妃の手を取って、エドモンド二世も階下へ姿を消した。ダウニング伯爵は自らの王の後を追い、きびすを返す。階段を下りる前にちらりとシャルに目を向けたが、そのまま静かに階下へ姿を消した。


アンは全身の力が抜《ぬ》けて、ぺたりとその場に座りこんでしまった。

それを見てシャルがくすっと笑い、目の前に跪《ひざまず》いて顔を覗《のぞ》きこんでくる。

「どうした。さっきの勇ましさはどこへ行った」

「どっかへ……いっちゃった……。まさかシャルが、あんなことするなんて……」

こうして国王たちが去ってみると、さっきまでどうしてあんなに無謀《むぼう》な勇気が出たのか、信じられなかった。体の芯《しん》から、一気に何かが飛び去ったようだ。

「職人の言葉が欲しかった。おまえはそれを彼らに伝えてくれた。これでまだ、おまえのそばにいられる。……礼を言う」

シャルはアンの右頬《みぎほほ》に手を添《そ》えて、左頬《ひだりほほ》に口づけした。思いがけない行為《こうい》に、体の芯に痺れが走る。背筋が震《ふる》える。

「あ……」

アンの頬《ほお》に冷たい唇《くちびる》が、ゆっくりと滑《すべ》るように触《ふ》れる。ほんのりと温かいシャルの吐息《といき》も、甘く頬をくすぐる。

——……これ、お礼？

「おまえはいい職人だ、アン」

頬に唇を寄せたままで囁《ささや》かれると、力が抜けて体が揺《ゆ》れた。それをシャルが抱《だ》き留《と》めた。腰《こし》を抱《かか》えられ床《ゆか》に座りこんだアンは、間近にある長い睫《まつげ》に見とれてぼんやりした。背に流れる羽の艶のある透明《とうめい》な薄青《うすあお》も、さらりと流れる黒髪《くろかみ》も、黒曜石の瞳も。すべてが愛《いと》しかった。

「……シャルは……綺麗《きれい》」

心に浮かんだことを口走る。一気に緊張から解放されたことで、現実感まで薄《うす》れていた。するとシャルは苦笑《くしよう》して、アンの腰と背を支えてくれた。

「俺は俺の仕事をした。おまえは、おまえの仕事をしろ」

「そうか。……そうよね」

仕事と言われると、途端《とたん》に体がしゃんとした。すぐにルルに、訊《き》かなければならない。ルルにとって特別な形は、なんなのか。そして五人の職人で、彼女のための最上の砂糖菓子《がし》を作らなければならないのだ。


仕事の言葉を耳にすると、アンの瞳に力が戻った。彼女は立ちあがるとベッドに駆け寄った。

「ルル。聞いてました？　国王陛下が、約束してくれました。ルルの羽がルルの手に戻ります。そして砂糖菓子作りの技術を、解放すると。人間と妖精にも伝えることを許可すると」

弱々しくはあったが、ルルは微笑んだ。

「ああ。聞いた。まさか、五百年ぶりに自分の羽を手にするとはな」

「教えてください、ルル。ルルが好きなもの、特別に感じるもの。そんなものを」

「妖精王の命令なら、致《いた》し方《かた》なかろうな……。わたしの特別か。そうだな」

思い巡《めぐ》らせるように、ルルは視線を宙に据《す》える。じわりと光る髪の毛先が、さらに明るい色になる。口元に微笑を浮《う》かべてルルは言った。

「花冠《はなかんむり》……。花冠だ。わたしがリゼルバ様に見つめられて生まれたとき、リゼルバ様はわたしの誕生を言祝《ことほ》ぎ、野の花で作った花冠をわたしの頭にかぶせてくれた。嬉《うれ》しかった」

「なんの花でした？」

「ひかり草」

ひかり草は春の野に、鞠《まり》のように可愛《かわい》らしい黄色の花を咲《さ》かせる。すっきりと伸《の》びた茎《くき》。そして小さく白い斑《ふ》入りの葉。春の光が嬉しくてたまらないように、風に揺れる、元気な可愛らしい花だ。六百年前、生まれたてのルルはその花のようにはつらつとして、可愛らしかったのかもしれない。

「待っててください、ルル。お願いシャル。ルルについていて」

アンはしっかりとルルの手を握《にぎ》ると、シャルをふり返った。

頷《うなず》いてやると、アンは安心したように、階下の作業場へ駆《か》け下りていった。それを見送り、シャルはルルのベッドに腰《こし》掛《か》けた。ほっと息をつく。ルルが口を開いた。

「わたしは、生きなくてはならんらしいな」

「そうだ。生きてもらう、嫌《いや》でもな。俺は人間の王に誓約《せいやく》した」

「否《いな》やは言わんよ。どのように事が動くのかには、わたしも興味がある。我が王の命令でもあるからな、従う。しかし……わたしの命を惜《お》しんだのは、同族のためでもあり、アンのためでもあるのだな。君はやはり、アンによって動かされている。アンは、最初の銀砂糖だ」

シャルは瞠目《どうもく》した。

「最初の銀砂糖？」

「知らんか？　知らんかもしれんな。最初の銀砂糖とは」

「変化をもたらすもの。人間の砂糖菓子派閥《がしはばつ》で最も古いペイジ工房《こうぼう》でのみ、伝えられている言葉だと聞いた」

「それは銀砂糖妖精の言葉だよ。古い人間の工房には、伝わっているのだな。たった一握《ひとにぎ》りが、樽《たる》の中のすべてをすこしずつ変えていくのだ。アンに出会ったから、君はここまで来た。そして五百年変わらなかったわたしの境遇《きょうぐう》も、変わったようだ。君の恋《こい》も運命だ。妖精王」

笑って、ルルは長い息を吐《は》き、

「でも、疲れたよ……わたしも……」

胸の上に両手を組むと目を閉じた。その手から力が抜けていく。

「ルル？」

呼ぶが、反応がなかった。顔を覗きこみ首筋に触れる。まだわずかに力が残っている。だが。

「待て。ルル。もう少し」

シャルは力づけるように囁いた。

作業場に下りたアンに、四人の職人たちは駆け寄ってきた。キースが蒼白《そうはく》な顔で訊いた。

「アン。なにがあったの!?　国王陛下たちが来て。近衛兵《このえ》が塔《とう》の周りを囲んでたんだよ」

「大丈夫《だいじょうぶ》。なんでもない。ただルルが砂糖菓子を食べる気になってくれたの。欲しい形も教えてくれた」

「それはどんなものなんだよ？」

ステラが勢いこんで訊く。

「ひかり草の花冠」

聞いた途端に、ステラがさっと作業台へ向かう。キースはもっと質問したそうな顔をしていたが、ステラの動きで、自分もするべきことに気がついたらしい。ステラを追う。

作業にかかろうと動き出したアンの二の腕《うで》を、エリオットが摑《つか》んだ。

「アン。なんでもないわけないじゃない。なんだったの」

エリオットが囁くように細い声で訊いた。彼の隣《となり》にはキレーンもいる。キレーンも同様に、困惑《こんわく》の表情でアンを見おろしている。

「言えないんです。詳《くわ》しいことは、落ち着いてから銀砂糖子爵《ししゃく》から話があると思います」

「大変なことなのだろうね」

キレーンが重々しく頷いた。エリオットもキレーンも、派閥《はばつ》の長《おさ》に近い位置にいる人間だ。先刻の顚末《てんまつ》の詳細《しょうさい》はわからずとも、雰囲気《ふんいき》で何かを察しているらしい。

「たぶん、そうです。でも今は、ルルのために砂糖菓子を作らないと」

「ま、そうだねぇ」

諦《あきら》めたように肩《かた》をすくめると、エリオットは手を放してくれた。

「では作るべきだな？　我々の技《わざ》が、どれほど妖精《ようせい》の技に近づいたか。試《ため》してみるときだ」

キレーンの言葉に、アンは強く頷いた。

この二十日間。作業場を探してみると、作業場には色の銀砂糖も置かれていた。ただ練習に使うにはあまりにも美しかったので、手をつけかねていた。

職人たちははじめて、青、赤、黄の銀砂糖が詰《つ》め込まれた樽を引っ張り出してきた。

青の銀砂糖は、夏の晴天の空よりも青く、黄色は見るだけで気持ちを浮き立たせるほどに明るい。赤は濃《こ》い色を秘《ひ》める紅玉よりも濃いのに、透明感《とうめいかん》がある。そして白は、雪よりも白い。

これが真の砂糖菓子の色だ。

エリオットは樽の蓋《ふた》を開けると、ちらりと笑った。

「さぁて。麗《うるわ》しき我らが師の命をつなぐ作業だ。手を抜《ぬ》けないが、時間がないよ」

「はじめよう、時間が惜しい」

キレーンが腕まくりしながら、石の器《うつわ》を手にした。ステラが苛々《いらいら》したように訊く。

「色は？　葉の緑と花の黄。二種類だろ？」

するとキースが答えた。

「黄と緑、何種類か色を作りましょう。緑の方が色は複雑になるから、三人で。黄は二人で」

「それでいい。俺は緑にするよ」

ステラが歩み出るので、アンも手をあげた。

「わたしも、緑で」

「じゃあ、僕も」

キースも言った。

エリオットとキレーンが顔を見合わせて目で合図する。「俺たちは黄色」ということだろう。

アンは青と黄、白の銀砂糖を石の器にくみあげた。

色のついた銀砂糖は、鮮《あざ》やかな鉱石をきめ細かい粉にしたようだ。さらさらと作業台に広げると、光の粒《つぶ》をまとうような艶《つや》が見える。

銀砂糖を混ぜると、溶《と》けるように色が変わる。アンは黄緑に近い柔《やわ》らかい緑の色を中心に作った。ステラはわずかな赤も加えて、濃い緑。キースは、アンとステラの中間的な色を作る。

キレーンとエリオットは互《たが》いの作る色をちらりと見ると、必要と思われる色をさっと混ぜては作っていく。互いの色を意識しながら、無言で調和を取っていく。動きが素早《すばや》い。

色を作り、銀砂糖を練る。何度も何度も、銀砂糖が細かな筋状の艶を刻むまで練る。

そして職人たちは、はずみ車を手にすると銀砂糖の糸を紡《つむ》ぎはじめた。

するすると指先を伝って、なめらかに流れ出る銀砂糖の糸の感触《かんしょく》。この感触にも二十日間でかなり慣れていた。

心地《ここち》いい作業だった。自分の思いが、指先から流れ出て糸になるようだ。

糸は光に透《す》ける蜘蛛《くも》の巣《す》のような光沢《こうたく》で、みるみるうちにはずみ車に巻きついていく。

「正直、助かったな。もっと大きなものだったら、どれほど時間が必要だったことだろうか。僕たちの未熟な技術では、作れるかどうかも心許《こころもと》ないだろうな。色も単純で助かる」

キレーンが糸を紡ぎながら言う。

確かにそうだ。ルルに教えられたのは、銀砂糖の糸を作る技術のみ。それを五人は手探《てさぐ》りで形にしようとしている。

ルルは教えない。ヒューもしかり。自ら学べということなのだろう。

ルルは、試しているのだという気がした。基本中の基本だけを教え、それを人間の職人たちがどこまで極《きわ》めるのかを。彼女は人間にそれほど期待をしていない。けれどだからこそ、彼女のために技を尽《つ》くさなければならない。これ以上、人間に失望させてはならない。

砂糖菓子《がし》のために五百年も捕《と》らわれてきた妖精の命を、銀砂糖の糸でつなぐのだ。

それができなければ、職人として恥《は》ずかしい。職人たちの表情に見えるのは、職人としての意地と誇《ほこ》りだ。

糸が紡ぎあがると、職人たちは織り機に取りかかった。

アンは紡いだ緑の糸をざっと見て、縦糸、横糸の色を決めた。縦糸は濃い鮮やかな緑と、薄《うす》くくすんだ緑。二種類を不規則に並べる。横糸は黄みがかった緑だ。三色の色を織り交ぜることによって、複雑な色と光の効果が出ることを願った。

選んだ糸を職人たちは慎重《しんちょう》に運び、織り機に縦糸としてかける。

「どのくらいの種類の色を織る？」

糸をかけながら、エリオットがせかせかと訊《き》く。とにかく時間がない。織りを済ませてすぐに成形にかからなくては、銀砂糖の糸はもろく崩《くず》れる。

「ひかり草の葉ですよね。葉の色は微妙《びみょう》に色づけが必要ですから、五、六種類。花の花弁を切り出す黄色は三種類くらい。どうです？　色の種類だけは豊富にしましょう。時間があるかぎり、もっと増やしてもかまわないかも」

キースのてきぱきとした提案に、他《ほか》の全員が頷《うなず》く。お互いの呼吸がわかる。

誰《だれ》かが提案すると、それはほぼ皆《みな》の意見と合致《がっち》する。作る形さえ見えていれば、修練された彼らの思考にほとんどずれはない。

キレーンとエリオットは織機に糸をかけ終わると、再びはずみ車を手にして、さらに銀砂糖の糸を紡ぎ続ける。

アンとキース、ステラは、織り機にとりついた。それぞれの役割を、三人はわかっていた。

銀砂糖の縦糸を上下させる仕掛《しか》けパネルを踏《ふ》むのは、キースの役。アンは銀砂糖の糸を手に、上下する縦糸の間に横糸を通す役。通した横糸を押さえの棒でゆっくりと押さえて隙間《すきま》をなくす役はステラ。

織り機と同じ原理だ。だが布を織る場合は一人でできる作業を、三人で呼吸を合わせておこなう。それぞれが位置につく。

キースがパネルを踏むと、並べられた何百という銀砂糖の糸が上下へ動く。一斉《いっせい》に銀砂糖の糸が動く様は、まるで細かい波がさざめくように規則的で美しい。パネルは強く、速く踏みすぎると、振動《しんどう》で銀砂糖の糸が切れる。適度な速さと強さで、慎重に踏む。

アンがゆっくりと横糸を通す。と、ステラが、きっちりと糸の隙間が埋《う》まるように、押さえの棒で押さえる。再びキースが、慎重にパネルを踏む。銀砂糖の糸が一斉に動く。さざめくように光る。

三人とも息を詰め、瞬《まばた》きすらできなかった。一つ呼吸が乱れれば、銀砂糖の糸は切れる。

慎重に。焦《あせ》るな。手を抜くな。

三人が互いに、無言のうちに掛《か》け合う言葉をアンは感じる。

パネルを踏む。横糸を通す。押さえ。

繰《く》り返す。

額には汗《あせ》が滲《にじ》むが、拭《ふ》き取る余裕《よゆう》はない。息を詰め、一つ一つの動作を繰り返す。織りあげられる平面を見つめながら、喜びが胸にあふれてくる。縦糸、横糸の色を変えたことで、見る角度によってすこしずつ色味が違《ちが》って見える。これを形にすれば、どれほどの効果になるか。

次々に緑の平面が作られる。そして黄色。

平面が織りあがると、織りあがった先からエリオットが手をつけた。切り出しナイフを持ち、小さな葉の形を切り抜いていく。切り出した葉には、緑の糸を使って葉脈を付け足していく。必要な糸を紡ぎ終わると、キレーンもナイフを手にして作業台に向かった。黄色の平面を手に作業台の前に立つ。細い花びらを細かく切り出す。

かなりの時間をかけて、すべての必要な平面を織りあげた。

織り機から離《はな》れる瞬間《しゅんかん》は、めまいを感じた。けれど休んでいる時間はない。この砂糖菓子は、素《す》早《ばや》く作らねば崩れていくのだ。

「アン。君は茎《くき》を」

キレーンに指示され、アンは緑の銀砂糖の糸を手にした。数種類の緑を前に、思案する。この数種類の色糸を平面と同じように混ぜ合わせることができればいい。

三種類の緑の糸を一緒《いっしょ》にして、ぎゅっと握《にぎ》って一本にしてみた。一本の茎にはなるが、色が不自然に絡《から》み合っているような筋が目立つ。もっと糸同士を絡み合わせないと駄目《だめ》だ。

——糸が、絡むように。絡む。

そしてふと、思う。

——絡むって、要するに編む？

糸を見おろす。数本を束にした銀砂糖の糸をかぎ針編みのように編めれば、色は複雑に絡む。

——でも、かぎ針なんて。しかもこんな細い糸を。

そこまで考えたときに、はっとした。アンは自分の道具入れを開いて、今まで一度も使ったことがなかった、エマからもらった道具を手にした。先が曲がった針のような金具をつけた道具。これはかぎ針に似ている。それを手に握りしめて、再び糸に向かう。

色の違う数本をひとまとめにして握り、道具の先をまとめた糸にかける。引っかけて、くぐらせて、引く。かぎ針編みの鎖《くさり》編《あ》みの要領で編む。すると小さな環《わ》ができあがる。糸を引き締《し》めると、その環は見えなくなった。そしてその箇《か》所《しょ》の色が、微妙に混じり合う。

用途《ようと》のわからなかったこの道具は、銀砂糖の糸を編むための道具だ。

どうしてエマがこんな道具を師匠《ししょう》から渡《わた》されたのか、わからない。そもそもこの技術は、五百年秘密で、誰にも知られていないはずだ。なのになぜ道具だけがアンの手にあるのか。

だが不思議がっている暇《ひま》はなかった。

糸はすぐに乾《かわ》いていく。細い茎を、必死に編む。鮮《あざ》やかでありながら複雑な色味を見せ、そして澄《す》んだ光を通す細い茎が、長く長く、できあがる。

アンの作業の様子に気がついて、キースが汗をぬぐいながら顔をあげて目を丸くする。

「アン。君は、編んでるの？　糸を？」

キレーンも驚《おどろ》いたような顔をする。

「まさか。僕は当然、糸を一本により合わせるだけかと……」

「してみたんです。でも、色が不自然に筋になって目立ってしまって」

エリオットが、ふっと笑った。

「俺もじっくりそれ、見たいけど。感心してる時間はない。はやく組みあげちゃおう」

細い茎。葉。花びら。それらをめいめいが組みあげる。

小さな花びらを寄せ集めて、親指の先ほどの大きさの、鞠《まり》のような花にする。それに茎をつけ、茎に葉をつける。そしてそれを花冠《はなかんむり》を作る要領そのままに、束にして編む。

力の加減を間違《まちが》えれば、花も茎も葉も、へしゃげたり、取れたり、切れたりする。

たくさんの花を花冠に編むのは、アンの役目だった。指が細く力が弱い女性が、この作業には適している。

男性たちが作る花を、アンは細心の注意をはらい編み込んだ。

――早くしないと。乾いてしまう。

焦る気持ちを、唇《くちびる》を噛《か》んでこらえる。

――でも慎重に。やり直しは、時間がかかりすぎる。やり直しができると思ってはいけない。

束にして、編んで、形を整えて。

最後の一束を編み込むと、アンは葉の形を整え、花の向きを調整した。

ほっと、誰かが息をついたのが聞こえた。

アンは手にしたそれを見つめながら、葉や花の向きを眺《なが》めた。バランスは悪くないか。色は、どうか。一つ一つ点検し、すこし顔を離してから全体を眺めた。

手にある花冠は、まるで重さを感じない。羽のように軽い。

いつの間にか、作業場の窓から朝日が射《さ》しこんでいた。

ガラス窓を通った光が花冠に触《ふ》れると、花冠は光を通し、透明感《とうめいかん》のある輝《かがや》きをおびる。

葉の緑も花の黄も、たくさんの色味をあわせもった柔《やわ》らかな色で、光をまとうように見える。

花冠は光の粒《つぶ》になって、今にも朝日の中に溶《と》け消えてしまいそうだ。シャルが作る剣《けん》のように、砂糖菓子そのものが光っている。

これを妖精《ようせい》たちが求めた理由がわかる。妖精が作り出す光を、妖精たちは愛しているのだ。

妖精が生まれるときの、神々《こうごう》しい光だ。だから砂糖菓子にもこんな輝きを求めたのだ。

朝日に祝福されているように、花冠は輝く。愛らしくてきらきらした、元気な花の花冠。

職人たちはしばらく、その砂糖菓子を眺めていた。

「これを……ルルに渡さないと」

魅《み》せられたようにぼんやりしていたアンだったが、暫《しばら》くして、正気づいて立ちあがった。

すると職人たちも、上の階へ視線を向ける。

「間に合うかな？」

疲労《ひろう》のために顔色が極端《きょくたん》に悪いステラが、気力を振《ふ》り絞《しぼ》るようにして呟《つぶや》く。

「まだ大丈夫《だいじょうぶ》。行きましょう」

確信があったわけではないが、アンは願いをこめて答えると立ちあがった。アンが捧《ささ》げもつ砂糖菓子を先頭に、職人たちは螺旋《らせん》階段をのぼった。

明るい部屋に、シャルがいた。ベッドを見おろしている。

「シャル。ルルは？」

シャルが暗い表情でふり返った。その表情で職人たちは察した。ルルはもう、助からないのかもしれない。アンの足が止まりかけるのを、シャルが叱責《しっせき》するように励《はげ》ました。

「急げ。まだ、間に合うかもしれない」

早足にベッドに近寄ると、ルルの枕元《まくらもと》に跪《ひざまず》いた。ルルは目を閉じ、真っ白い顔をしていた。

胸の上に両手を組んで動かない。息をしているかどうかすらもわからない。

泣き出しそうなのをこらえて、アンは花冠をルルの胸の上に置いた。

「これをルルに。わたしたちはルルの弟子《でし》だから。だから考えて、みんなで。だから……」

──どうか。

アンは指を組んで、うつむき祈《いの》った。

──どうか目を開けて。ルル。

朝日の射す明るい空間に、静寂《せいじゃく》だけが満ちている。

──これから妖精の何かが、はじまるかもしれないのに。

「……あ」

キースが、小さな声を出した。

その声に顔をあげると、ルルの胸の上に置かれていた花冠が、朝日とは違うぼんやりとした光に包まれていた。そしてルルの手に触れている場所から、ほろほろと崩《くず》れ、光の粒になり、彼女の胸に染《し》みこんでいく。

砂糖菓子の溶けるきらきらした光が、ルルの髪《かみ》の先、指先、睫《まつげ》の先にまといつく。それはまるで妖精が生まれ出るときの輝きのようで、神々しく清らかだった。

ルルの目が開いた。これほど端麗《たんれい》な生き物がこの世にいるのかと震《ふる》えるほどに、光をまとうルルの目覚めは美しかった。

「ルル!!」

職人たちは同時に、彼らの師の名を呼んだ。

「ああ……うるさい」

嫌《いや》そうに、ルルは呟いた。そしてじろりと、アンと職人たちを睨《にら》みつけた。

「とろけるほどに甘く美味《うま》いものを期待したが、そうでもない」

ぽかんとする職人たちに向かって、ルルはまだぼんやりした目をしながらも、にっと笑った。

「しかし、悪くはない。我が弟子どもよ。ただ教えることは、まだ、たんとありそうだ」

繭《まゆ》の塔《とう》の周囲の雪は、すっかり溶けていた。円形の庭には、背の低いひかり草が一面に咲《さ》き

誇《ほこ》っている。本来野の花であるそれを、王妃《おうひ》の命令によって集め植えたのだった。

春風が、繭の塔の最上階に吹《ふ》きこんでいた。一つだけ開く窓から外を眺め、ルルは微笑《びしょう》した。

「マルグリットは、無駄《むだ》なことをするな。野の花をこんなところにわざわざ咲かせなくとも」

笑顔《えがお》で文句を言うルルを、アンは、面白《おもしろ》い人だなとしみじみ眺める。

「王妃様はルルが元気になって、とっても嬉《うれ》しかったんですね」

ルルはさらに嫌そうな顔をする。

「それではしゃいで、これか？　まだ小娘《こむすめ》だなマルグリットも」

ルルは砂糖菓子を食べてから、元気を取り戻《もど》していた。

ただ少しでも砂糖菓子を食べる間が空くと、顔色は途端《とたん》に白くなり、ぎょっとすることがある。一ヶ月近く、職人たちは途切《とぎ》れることなくルルに砂糖菓子を渡《わた》している。それが彼女の力になり、彼女の命をつなぎとめているのは明白だった。

職人たちは砂糖菓子を作り、それをルルに食べさせては、ルルに文句を言われていた。それが職人たちにとって練習であり、ルルから職人たちへの指導だった。

ルルの指摘《してき》は的確で、技術的なことから造形の美醜《びしゅう》に関してまで、聞く価値のあるものだった。それだけでも、職人たちの作るものは格段に洗練されてくる。

導くというのは、こういうことを言うのだとアンははじめて知った。

手取り足取り、教えてくれはしない。けれどルルは確かに、アンたちを導こうとしている。

もしルルがこうやって導いてくれなければ、この一ヶ月で到達《とうたつ》した水準に届くまでには数年、必要としたかもしれない。

一ヶ月の期間で、アンもその他《ほか》の連中もかなり技術が熟練してきたようだ。

ヒューも彼らの作る砂糖菓子を見て、そろそろ、ルルのもとを離《はな》れてもよいと判断したらしい。昨日、職人たちに荷物をまとめるようにと命じた。

そして今日。職人たちに新たな命令を下すので、天守の広間に集まれと伝言があった。

新たな命令とはなにか。シャルと国王の誓約《せいやく》に関するなにかであるのは、確かだろう。それが楽しみなような、怖《こわ》いような気がした。

「ルル。わたしたち今日、ここを出て行かなくちゃならないんです。皆《みな》でここにあがってくるのは失礼だろうって話になって、わたしが代表して挨拶《あいさつ》に行けって言われて」

「君が代表？　一番若いのにか？」

「女同士だからって」

「女か。なるほどな。しかし君はまだ、女になりかけという感じだな、アン」

「……それはそうかも」

的確すぎで、ぐうの音も出ない。

「シャルは？」

「挨拶なんか必要ないって」

「素《そ》っ気ないな、シャルは。しかしそれでいい。わたしも挨拶なんぞ、したくはないよ」

「あ、あと。ミスリル・リッド・ポッドが、変な勘違《かんちが》いしてごめんなさいって言ってました」

「おお、あの水滴《すいてき》の。うむ。かまわん。久しぶりにあの手の仲間に会って、新鮮《しんせん》ではあった」

「あの……ルル？　なぜ、ここを出ないんですか？　羽は返してもらったのに」

ルルが回復してすぐに、王妃からルルの手に彼女の羽が渡された。

王妃は国王とダウニング伯爵《はくしゃく》と相談の結果、ルルはここから出てもかまわない事になったと告げた。彼女が望むならば、王城を出て過ごせばいいと。

しかしルルは、それを拒否《きょひ》した。ここに残るというのだ。誰《だれ》もが不思議がったが、「今更面《いまさらめん》倒《どう》だ」というのが彼女の答えだった。

「縛《しば》られていればこそ自由を渇望《かつぼう》したが、『さあ、出て行け』と言われると、なんだか萎《な》えてしまってな。まあ、王城の外を散歩くらいはするよ」

「砂糖林檎《りんご》の林で逃《に》げだそうとしたのに」

「あれはただの反抗《はんこう》だよ。悔《くや》しいではないか、五百年も捕《と》らえられっぱなしというのは」

「でも、わたしたちがここを出た後、誰が砂糖菓子を作るんですか？　ヒューは国王陛下以外の砂糖菓子は作らないし。ルルは、自分で作るほど回復しているようには見えなくて」

「そうだな。君たちが去れば、わたしはもう砂糖菓子は食べないかもな」

「なら、わたしがすこしずつでも作って、ルルに届けます。ヒューに頼《たの》めば」

「不要だよ。アン」

慈愛《じあい》に満ちた笑顔で、ルルはアンの頭を撫《な》でた。

「砂糖菓子がなくとも、この状態なら一年は持つ。妖精《ようせい》王と人間王の誓約がどうなるかは、一年もあればだいたいの未来が見えよう」

「でも、それじゃ」

「砂糖菓子でつなぐ命は、かりそめだ。同じ砂糖菓子で一年延びた寿命《じゅみょう》が、その次には半年になり。その次には一ヶ月になる。どうあがいても、決められた命の期限というのは来るのだ。砂糖菓子は、ただの時間稼《かせ》ぎだ。知りたいことがわかれば、わたしはそれで満足だ。無理はせんよ。それが自然というものだ」

この人はとても美しいと、胸の奥が痺《しび》れるほどに強く感じる。

――潔《いさぎよ》い命。

シャルと同様に、何かの思いを一本すっくりと心の中に宿していて、それに忠実であろうとする。奇跡《きせき》のように綺麗《きれい》な命だ。

「君は妖精王と、何を見るのかな？　君は最初の銀砂糖だアン。だから君にだけ教えよう。この世でわたし以外にはもう知らぬ、秘密を君に手《て》渡《わた》そう」

ルルはアンの耳元に唇《くちびる》を寄せて、囁《ささや》いた。

「最初の銀砂糖は、最初の砂糖林檎の木から作られた。最初の砂糖林檎の木を探せ。銀砂糖妖精の筆頭が、最初の砂糖林檎の木を守っているはずだ」

　アンは目を丸くした。ルルの言葉の意味がよくわからない。

「ハイランドの真ん中に、最初の砂糖林檎の木はある。見えるのに、見えない」

「ルル。それは、いったい」

　問い返そうとしたときだった、

「そこにいたのですか、ルル」

　マルグリット王妃が階段を上がってこちらにやってくる。アンが膝《ひざ》を折ろうとすると、王妃は手にある扇《おうぎ》を振《ふ》った。

「よいのです、ハルフォード。膝は折らずとも。それよりも邪魔《じゃま》をしましたか？」

「いや。アンはもう帰るところだ」

　ルルはわざとらしいほど強引《ごういん》に、アンの背を螺旋《らせん》階段の方に押し出した。

　ルルにはなにも言われなかったが、アンにはわかった。今、ルルがアンの耳元に囁いたことは、誰にも言ってはならないことなのだ。

　そしてアンはルルから、なにか大切なことを託《たく》されたのだ。

「なにを話していたのです？　ルル」

「なに。世間話だ」

王妃は、ちょっとがっかりしたような表情になる。

「いつもあなたは、自分のことは話してくれませんね。私ばかりが話している」

「そうか？　わたしは別に話すべき面白い話がないから、話さないだけだがな。それよりも、君。君はわたしに隠《かく》していることがあるだろう」

きょとんとした王妃に、ルルは意地悪い笑顔で告げた。

「なにかあるとは思っていたが、君、銀砂糖子爵《ししやく》とはどのような縁《えん》がある」

王妃はすこし頬《ほお》を赤らめたが、ルルに見据《みす》えられると、仕方ないというように口を開いた。

「ヒューは、砂糖菓子《がし》職人として私の実家のキャボット家に出入りしていたのです。私は彼が見習いの頃《ころ》から知っています。年が近いこともあって、よく話をしていた……。わたしは彼を……」

そこで王妃《おうひ》は、アンの下りていった階段の方に目を向けた。

「ハルフォードを見ていると、嫁《とつ》ぐ日が決まったときのことを思い出します。あのとき私は、ヒューにお願いしたのです。私に砂糖菓子を作って欲しいと。でも彼は拒否した。『俺の雇《やと》い主はあなたの父親キャボット伯爵で、あなたではない』と。私、悔しくて悲しくて。城の外へ駆《か》け出した。森番も滅多《めった》に行かないような森の奥の野原まで行って、そこにつっぷして人に見

「つからないように泣いたのです」

「人に見つかりたくない時ほど、見つかるものだがな」

「そのとおりです。その野原に、女の人がいたのです。野宿してたらしくて。古い箱形馬車に乗っていた。そして目がまん丸の、小さな女の子を連れてた。その人は親切に、私を慰《なぐさ》めてくれた。そして美しい花の砂糖菓子をくれました。これでとびきりの幸福が来るから、心配するなと言って。確かに、そう信じられるほどとても美しい砂糖菓子でした」

「で、砂糖菓子の効果はあったか？　君に幸福は来たか？」

王妃は苦笑《くしょう》した。

「どうでしょう。砂糖菓子を持って城に帰ったら、ヒューが私のもらった砂糖菓子を見て、誰にもらったのかとても知りたがった。実はその女の人の名前を聞きそびれていたのですけれど、ヒューにはわざと、『教えません』と突《つ》っぱねた。彼は悔しそうだった。あまりに素敵《すてき》な砂糖菓子だから、職人として悔しかったのでしょうね。作った人の名前もわからないなんてね。いい気味でしたよ。……あの子。ハルフォードが砂糖菓子品評会にはじめて顔を出したとき、最初はただ、女の職人なんて珍《めずら》しいと思ったのです。けれどすぐにあの女の人のことを思い出して、女職人というものにすこし肩入《かたい》れしてみたくなった。あの時のヒューの悔しそうな顔が、とても愉快《ゆかい》だったものですから。あんなヒューの顔を見られただけでも、幸運だったのかもしれませんね」

「ほほう。君もなかなか、可愛《かわい》いことをしていたのだな」

「若気《わかげ》の至りです。あなただって身に覚えがあるでしょう」

「ああ、あるぞ。五百年も前に。わたしは、我が王に恋《こい》していたな」

黒曜石の妖精の面差《おもざ》しは、赤い色彩《しきさい》の、気高く美しく優《やさ》しい最後の妖精王に似ている。それが嬉《うれ》しかった。リゼルバの残した者に触《ふ》れると、五百年前に消えた王に再び触れたような気がした。

「あの頃は子供だった。私はもう、無様な小娘《こむすめ》ではありません」

「いや。まだ小娘だ」

「あなたにしてみれば、私などみっともない小娘のままでしょう。でも、その言葉も許します。ルルがここに残ってくれて、とても嬉しいのですから」

「まあ君がいれば、暇《ひま》つぶしの話し相手には困らん。君もすこしは成長したからな」

「ルル。ここに残って心配なのは、砂糖菓子のことです。あの五人の職人のうち一人だけでも残して、あなたのために砂糖菓子を……」

「いいんだ。マルグリット」

ルルは王妃の言葉を優しく遮《さえぎ》り、窓の外を見た。

「わたしはたくさん、見送った。だからもうこの辺りで、見送られてもよかろうと思うのだよ」

その時、ルルは気がついた。そして思わず、ははっと声をあげて笑ってしまう。

「あやつら、あんなところに。おお、名無しもいるではないか。名無し……いや、なんだったかな。名乗ってくれたが、覚えられなかった。スージーとか、ステファンとか……」

ルルの見おろす天守の出入り口に、アンと、キース。ステラとエリオット、キレーンがいた。シャルもいる。そして彼の肩《かた》の上には、あの湖水の水滴《すいてき》のうるさい妖精もいる。

職人たちは、ルルが自分たちの存在に気がついたとわかると、頭をさげた。

シャルとミスリルは、じっとルルを見ている。

五人の職人と銀砂糖子爵が、人間の職人や、銀砂糖妖精の資質を持つ妖精に技術を教えたとしても、ルル自身が教えるようにきちんと教えられないかもしれない。

その結果、技術は一時期、質を落としてしまうかもしれない。

だが技術を伝え続け、活用を続けることが必要なのだ。

人から人へ、妖精《ようせい》から妖精へと伝えられる間に、いつか熟練者が生まれてくる。その誰《だれ》かが他《ほか》を導き、技術の水準を上げていく。

長い時間はかかるかもしれない。だが、たくさんの者に伝えられれば伝えられるほど、技術が消える危険はなくなる。

そしてすこしずつでも、またルルが獲得《かくとく》していた水準までのぼってくるだろう。

──技《わざ》を絶やすな。そして妖精の手にも、その技を渡《わた》せ。頼《たの》むぞ。

ルルは窓からすいと手を伸《の》ばすと、横になぐように緩《ゆる》やかに動かした。

するとと円形の広場を埋《う》めるひかり草が、風もないのに一斉《いっせい》にゆらゆらと動いた。未来へ踏《ふ》み出す者たちを、祝福し見送るように揺《ゆ》れる。

王妃が、まあと声をあげる。

「可愛らしい。あれはルルが？」

「わたしの能力は、植物を動かすことでな。風にそよぐぐらいにしか動かないから、役にはたたんのだが。それでも、別れの挨拶《あいさつ》くらいにはなる」

ルルには遠く未来を見据えるだけの力は、もうなかった。だからこそだろうか。すこしほっとしていた。背負っていた重荷を、妖精王と弟子《でし》たちに渡すことができた。

「さらばだ。妖精王とその友。そして不肖《ふしょう》の最後の弟子どもよ」

明日からは王妃を相手に、ゆっくりとたわいないおしゃべりをし、散歩に行けばいい。

最後の時は、自分の両方の羽を抱《だ》いていられる。

どんなに丁寧《ていねい》に扱《あつか》われていても、この五百年は間《ま》違《ちが》いなく虜囚《りょしゅう》だった。だが、今は違《ちが》う。

すこし冷たい空気にも、春の香《かお》りがする。新芽の香り、花の香り。かぐわしい。

――わたしの最後は、悪くないぞ。

笑《え》みがこぼれた。

風もないのに、愛らしい黄の花が一斉に揺れた。さよならと、囁《ささや》いているようだった。それがルルの別れの挨拶だと、アンにはわかった。そこにいるみんなにも、わかったはずだった。

手を振《ふ》った後、ルルはさっと顔を引っ込めた。それから二度と顔を出さなかった。

しばらくするとエリオットが、伸びをしながら職人たちに声をかけた。

「さあて、みんな広間に行きますか？」

職人たちはぞろぞろと歩き出し、その後ろからシャルもついてくる。

シャルのことについては、職人たちもミスリルも何も知らずじまいだった。アンだけがシャルの立場を知ってしまったのだが、それについては口外しないようにシャル自身からも、またダウニング伯爵《はくしやく》やヒューからも釘《くぎ》を刺《さ》されていた。

「そうだな。遅《おく》れるわけにはいかんな。子爵《ししやく》の招集に」

片眼鏡の位置を直しながら表情を引き締《し》めて歩き出したキレーンを、エリオットがからかう。

「大好きな子爵様だもんねぇ」

「わたしが、子爵になついているみたいな言い方はよしたまえ。子爵は我々の派閥《はばつ》の長《おさ》で……」

「はいはい、そうねぇ～」

不真面目《ふまじめ》なエリオットに、キレーンは頭にきたらしく鼻の付け根にしわを寄せる。

「君はまったく、ふざけてるな！」

するとステラが、しらけたように言う。

「こいつはふざけてんだよ、根っから」

「よくわかってるじゃない、ステラちゃん」

「……………ほらな」

それを見て笑っていたアンの手を、突然《とつぜん》、キースが握《にぎ》った。何事かと立ち止まり、隣《となり》にいる彼を見あげる。キースは真剣《しんけん》な顔をしていた。

「話があるんだ。これから僕たちにどんな話がされるかわからないけど、その前に。来て」

囁くと、キースは先を歩くエリオットとキレーン、ステラに気がつかれないように、静かに、しかし素早《すばや》くアンの手を引いて、近くにあった廊下《ろうか》の曲がり角に入った。

「どうしたのキース。こんなところで。こみいった話？」

アンを壁際《かべぎわ》に立たせ、キースはアンの両肩《りょうかた》に手を置いた。

「アン。君、僕と一緒《いっしょ》に工房《こうぼう》を立ちあげるってこと、今でもしていいと思ってくれてる？」

「そのこと？　今回の件で先延ばしになってるけど、もし今の件が落ち着いたら一緒に仕事をしたいって思ってるけど。でも……キースは？」

「僕も同じだよ。君と一緒に工房を作りたい。それは変わらない。けれどもう一つ、望みがあるんだ。僕は君と仕事のパートナーになりたいけど、同時に、人生のパートナーになりたい」

回りくどい言葉の意味がとっさに理解できずに、きょとんとした。それを見てキースは、恥《は》ずかしそうに苦笑《くしょう》した。

「わかってる？　僕の言ったこと。僕は君のことを好きなんだ。君を恋人《こいびと》にして、仕事も人生も一緒に歩めたら幸せだろうって思うんだ。君を恋人にしたい」

これは、告白なのだろうか？

以前ジョナスにプロポーズされたことはある。けれどあの時はエマの死の直後で混乱していたし、ジョナス自身が本気でなかったこともあってか、アンにはぴんと来なかった。

けれどキースは、冗談《じょうだん》でこんなことを言ったり、策略を廻らして甘い言葉を囁くような人間ではない。彼は本気だ。啞然《あぜん》とする。

「ど……どうして、わたし？」

「君はいい職人で、いいライバルだ。はじめて僕が、不安になるほどの人だ。けれどそう思ってずっと君を見ていたら、気がついた。君は女の子で……僕は君を守りたいって。もちろん、すぐに返事はしなくていいよ。これから子爵からどんな命令が下るかもわからないし。けれどもし色々なことが全部終わったら、返事を聞かせて欲しい」

それからゆっくりと、キースは首を廻らして廊下の角へ顔を向けた。

「聞いてた？　シャル？　ミスリル・リッド・ポッド？」

廊下の曲がり角にシャルが立っていた。不機嫌《ふきげん》そうにこちらを見ている。

「僕はアンが好きだ。アンを恋人にして、一緒に仕事をして生活して。僕がアンを守りたい」

「本気かよ!?　こんな貧相で貧弱な体型の、かかし頭のアンでいいのか!?　おまえならもっと、グラマーで美人で、目から鼻に抜《ぬ》けるような賢《かしこ》い女をものにするのも夢じゃないぞ！」

シャルの肩の上で、ミスリルが動揺《どうよう》したように声をあげる。

「僕は、そんなアンが好きなんだ」

「貧相で貧弱なかかし頭が!?」

「そうだよ」

「き、奇跡《きせき》だ」

二人の会話に、アンは項垂《うなだ》れた。キースに告白されたはずなのに、なぜこれほど激しくけなされるのか。微妙《びみょう》な気分だ。しかし確かにミスリルの言うとおり、キースが自分を恋人にしたいと申し出るのは奇跡かもしれない。

シャルは無表情でアンに訊《き》いた。

「おまえの返事は？　おまえは坊《ぼう》やのものになるのか？」

「そんな……急に訊かれても……」

シャルが目の前にいる。シャルの姿を見ていると、どうしても誰かと恋《こい》をする気持ちになれない。自分の気持ちはずっとシャルにひきつけられたままだ。自分は誰かと恋をしなくてはならないのに、キースの告白を聞いても困惑《こんわく》ばかりが広がってくる。

「僕は、急がないよ」

キースは優《やさ》しく言う。

「さあ、広間に行かない？　銀砂糖子爵が来てしまうから」


広間は石の壁《かべ》と床《ゆか》が素っ気なく広がっている空間だ。普段《ふだん》使われない場所らしく埃臭《ほこりくさ》い湿《しめ》った空気が満ちている。

シャルは広間の端《はし》に立ち、ミスリルはシャルの上衣《うわぎ》の内側に隠《かく》れている。

シャルは平静を装い銀砂糖子爵の登場を待ちながら、背後からアンとキースを見つめていた。職人たちは寄り集まって何やかやと話をしているが、キースは常にアンの傍《かたわ》らにいる。アンは彼が近くにいることに戸惑《とまど》っている様子だが、嫌《いや》がっているふうではない。

キースはアンを恋人にしたいと、きっぱり言った。

真っ正面から瞳《ひとみ》をそらさずに、自らの恋心《こいごころ》を告げる男はアンにはふさわしいかもしれない。

もしアンがキースを好きで伴侶《はんりょ》として選ぶならば、シャルは彼女とキースが幸福になれるように、二人を守り通すだけだ。だがそれはとても苦しい。

懐《ふところ》からひょこりと、ミスリルが顔を出す。

「おい、シャル・フェン・シャル」

「出てくるな」

ぎゅっと押さえ込むと、ミスリルはむぐむぐと抵抗《ていこう》したが、そのうち大人しくなる。そして声だけが上衣の内側から聞こえた。

「なあ。さっきキースが、アンのこと好きだって言ったよな。おまえどう思う？」

「物好きだ」

「だよなー。あんなにぺったんこで、ひょろひょろで、頭がちょっぴり……いやいやいやっ！違うって。そんなんじゃなくて！　おまえはアンがそうやって誰《だれ》かの恋人になるの、どう思うんだ？　前々から、訊《き》きたかったんだ俺。おまえはアンのこと、どう思ってるんだ？」

「かかし」

「じゃなくてだなっ！　おまえは、アンのこと好きか？」

まっすぐそんなふうに訊かれると、答えられなかった。否《いな》とは言いたくないが、だからといってそうだとも言えない。

ルルの言葉どおりに、もし種族の違《ちが》いがアンの不幸にならないのであれば、彼女を手放したくない。しかしそれもアンの心次第《しだい》だ。彼女の心がキースや他《ほか》の人間にあれば、自分がいくらアンを恋しようとどうしようもない。

シャル自身の心のありかを告げ、おまえの心はどこにあるのかと問いたい。彼女の気持ちが他の誰かにあるとわかれば諦《あきら》めもつく。シャルは、彼女とその誰かの幸福のために、苦さを噛《か》みしめながらも喜んで戦えるだろう。

はたして彼女は正直に答えてくれるだろうか。シャルの言葉に困惑し、シャルを気遣《きづか》い、無理をしないだろうか。

だがアンの心を確かめなければ、シャルの心は乱れ続ける。そうなれば自制がきかず、アンの幸福を願いながらも、アンを引き寄せ自分のものにして彼女を傷つけてしまいそうだ。

今でも、触《ふ》れたくて抱《だ》きしめたくて、どうしようもないのだ。キースの告白を聞いた瞬間《しゅんかん》は、彼に怒《いか》りに似た感情さえ覚えたのだ。

「シャル・フェン・シャル?」

その時、広間の扉《とびら》が軋《きし》んだ。重い樫扉《かしとびら》を押し開き、踏《ふ》みこんできたのはダウニング伯爵《はくしゃく》だった。続いて、銀砂糖子爵ヒュー・マーキュリーだ。

職人たちはダウニング伯爵の姿を目にすると、慌《あわ》てて膝《ひざ》を折った。ダウニング伯爵とヒューは、壁際にいるシャルにちらりと視線を向けてから、ゆっくりと職人たちの前に歩み出た。

「顔をあげよ」

ダウニング伯爵の命令に、職人たちが一斉《いっせい》に顔をあげる。

「銀砂糖子爵《ししゃく》から聞いた。そなたたちは技術の習得をほぼ終え、それなりの作品を作る技量を身につけたらしいな。よくやったと褒《ほ》めておこう。さて。最初にそなたたちには、この技術、この技術を伝えた者のことについては他言無用と命じた。しかし事情が変わった。国王陛下の決断により、そなたたちが学んだ技術は、他の職人たちにも伝えてよしと解禁になった」

アン以外の職人たちがいぶかしげな表情になる。

あれほど警告し、その技術が秘密である意味を語り聞かせたにもかかわらず、突然《とつぜん》解禁とは。どれほどのことがあったのだろうかと、怪《あや》しんでも当然だ。

「各派閥《はばつ》より選ばれたそなたたちは、派閥に帰り技術を伝える役目を担《にな》え。さらに今後、見習いとして一定数の妖精《ようせい》を工房に入れるように派閥の長《おさ》に命じる。そなたらはその妖精たちがそれなりの技術を身につけたあかつきには、彼らにもこのたび習い覚えた技《わざ》を伝えよ」

「妖精を見習いに？　それはどういう意図で」

キレーンが混乱した様子で、自分たちの長に助けを求めるようにヒューを見あげる。しかし重々しく答えたのは、ダウニング伯爵の方だった。

「銀砂糖妖精を、作る」

——作る？

その言葉に冷たいものを感じた。作るという響《ひび》きが、妖精をもののように扱《あつか》う妖精商人や妖精狩人《かりゅうど》の言葉に似ている。それはただ単純に、言葉の選び方が執政《しっせい》者独特の作法によるものなのか。それとも、ほんとうに妖精を商品として扱う彼らと同様の認識《にんしき》から出ているものなのか。

眉《まゆ》をひそめ、シャルはダウニング伯爵を見据《みす》える。

「そして派閥に所属しておらぬ、ハルフォードとパウエル。二人には別の仕事をしてもらう」

ダウニング伯爵に目配せされたヒューが、ゆっくりと前に出た。

「二人は俺に従え。各派閥とは別に、新たな銀砂糖妖精となれる資質ある妖精を探し出す」

シャルの視線に気がついたらしく、ダウニング伯爵がこちらに顔を向ける。視線を跳《は》ね返すようにシャルを見つめる。老臣の目の奥にあるのは、挑戦《ちょうせん》的な光だ。

エリオットは彼らしからぬ、不審《ふしん》げな厳しい表情で、ダウニング伯爵とヒューを観察している。彼らの心の内を探《さぐ》ろうとするかのようだ。

キレーンは戸惑った様子ながらも、ヒューを信じようとするかのように彼だけを見ている。

ステラは、不機嫌そうだ。あまりにも突飛《とっぴ》な命令についていけないらしい。

キースは頷《うなず》き、目に強い光を宿す。どんな命令にも、力を尽《つ》くそうとしているようだ。

アンはどこか不安げだ。目の前のものを信じたいのに、なぜか本能が不安を訴《うった》えているような。そんな複雑な表情だった。

――人間王は誓約《せいやく》を守るか？

国王エドモンド二世の謁見《えっけん》がはじまる時間なのだろう。王城のどこか遠くで、ファンファーレが鳴《な》り響く。高らかな音の余韻《よいん》が耳の奥に残る。

あとがき

みなさま、こんにちは。三川《みかわ》みりです。

アンたちの世界では新聖祭《しんせいさい》が終わり、新しい年がはじまりました。

今回の舞台《ぶたい》は、新春から春にかけてです。偶然《ぐうぜん》にも、この本の刊行は一月一日だということ。めでたい感じでタイムリーなのです。

一巻が発売されたのは春なのに、物語の中では秋。二巻に至っては、八月の酷暑《こくしょ》の中発売されたのに、物語は雪がちらつく真冬でした。物語世界と発売日は関係ないのですが、やはり、暑さにノックアウトされた状態で真冬の物語を読むよりは、その季節にあった物語を読むほうが一層楽しいだろうな、と勝手に想像していたのでした。

それが偶然とはいえ、このたびは季節感ぴったり。ちょっぴり嬉《うれ》しい。

さて。今回から新章に入ります。とはいえストーリーはずっと最初から流れているので、わたしの中でなんとなくぼんやりついているだけの区切りです。ちなみに今までの区切りは、一巻から三巻までが「銀砂糖師編」、四巻から六巻までが「ペイジ工房《こうぼう》編」という感じ。

この本からはじまる新章は「銀砂糖妖精《ようせい》編」とかでしょうか？

新章の銀砂糖妖精編（仮）。みなさまに気に入ってもらえれば万歳《ばんざい》です。

物語を紡《つむ》ぎ出すには毎回頭を悩《なや》ましますが、わたし以上に毎回頭を抱《かか》えられているのは担当様ではないかと。今回もなかなかうまく物語が成立せずに、プロットの段階から、長々とご迷《めい》惑《わく》をおかけしました。いつもいつも、ありがとうございます。

今回は特に大問題だった「キース問題」。わたしがさじ加減を過《あやま》ったために、あの爽《さわ》やか青年のキースが、アンに対して異様にむらむらしてる感じになってました。あのまま本が出ていたら、キースは……。未然に防げたこと、ほんとうに感謝してます。拝んでいます。

イラストを描《えが》いてくださる、あき様。今回もほんとうにありがとうございます。いつもいつも、感謝しています。表紙のラフを見せてもらいましたが、いつもながらアン可愛《かわい》い！　ラフといいながらも「本気!?」と思ってしまう質のよさ。わたしは、アンパンマンの絵描き歌が唯一《ゆいいつ》描けるキャラクターです。多分わたしの本気の千倍くらいが、あき様のラフなんだろうな、と。毎回ため息ものです。

この本を手にとってくださる方々にも、毎回感謝の気持ちが尽《つ》きません。なので、すこしでも良いものを、すこしでも楽しいものをお届けしたい。それればかり思っています。

三川　みり

「シュガーアップル・フェアリーテイル 銀砂糖師と黄の花冠」の感想をお寄せください。
おたよりのあて先
〒102-8177 東京都千代田区富士見2-13-3
株式会社KADOKAWA 角川ビーンズ文庫編集部気付
「三川みり」先生・「あき」先生
また、編集部へのご意見ご希望は、同じ住所で「ビーンズ文庫編集部」
までお寄せください。

シュガーアップル・フェアリーテイル **銀砂糖師《ぎんざとうし》と黄《き》の花冠《はなかんむり》**

三川《みかわ》みり

角川ビーンズ文庫 17215

平成24年1月1日 初版発行
令和5年6月5日 5版発行

発行者――山下直久
発 行――株式会社KADOKAWA
〒102-8177 東京都千代田区富士見2-13-3
電話 0570-002-301 (ナビダイヤル)
印刷所――株式会社KADOKAWA
製本所――株式会社KADOKAWA
装幀者――micro fish

ISBN978-4-04-100091-5 C0193 定価はカバーに明記してあります。 ◆◇◇

角川ビーンズ小説大賞
原稿募集中！
君の〃物語〃がここから始まる！
角川ビーンズ
小説大賞が
パワーアップ！
https://beans.kadokawa.co.jp
詳細は公式サイトでチェック!!!
【一般部門】&【WEBテーマ部門】
賞金 大賞 100万円
優秀賞 30万円
他副賞
締切 3月31日
発表 9月発表（予定）
イラスト／紫　真依